有没有一首歌让你热泪盈眶

My Story with the Song

五一泽
MAYZER 编

浙江人民出版社

图书在版编目（CIP）数据

有没有一首歌让你热泪盈眶 / 五一泽编. —杭州：浙江人民出版社，2020.10

ISBN 978-7-213-09836-9

Ⅰ. ①有… Ⅱ. ①五… Ⅲ. ①随笔-作品集-中国-当代 Ⅳ. ①I267.1

中国版本图书馆CIP数据核字(2020)第161177号

有没有一首歌让你热泪盈眶

YOU MEI YOU YI SHOU GE RANG NI RE LEI YING KUANG

五一泽 编

出版发行：浙江人民出版社（杭州市体育场路347号 邮编 310006）

市场部电话：(0571)85061682 85176516

策划编辑：张 攀　　责任编辑：徐 婷

助理编辑：祝含瑶　　特约编辑：张 攀 杜永明

营销编辑：陈雯怡 陈芋如　　责任校对：陈 春

责任印务：刘彭年

封面设计：末末美书

电脑制版：末末美书，八月松子，唐人佳悦

印 刷：浙江新华印刷技术有限公司

开 本：880毫米×1230毫米 1/32　　印 张：8.5

字 数：174千字　　插 页：5

版 次：2020年10月第1版　　印 次：2020年10月第1次印刷

书 号：ISBN 978-7-213-09836-9

定 价：52.10元

序言

云村（网易云音乐）是“泛文艺青年”的聚集地，不仅有才华横溢的音乐人，还有笔下生花的写作者。音乐和文字，共同交织出云村独一无二的文化识别码。

今年春，我作为 Mlog（音画博客）达人训练营的助教，点评学员们的主题创作作业，一次次地被他们的文笔和感情惊艳到。我那时就想，若把“卧着的虎”和“藏着的龙”都唤出来，让平台外的读者也领略到他们的文字魅力，该有多好。

契机出现在四月初，我到浙江人民出版社北京分社工作，这个想法便有了落地生根的土壤。

“有没有一首歌让你热泪盈眶”这一主题的敲定，易如反掌。我渴盼作者将歌、情、文融为一体，书写出一篇篇感人至深的个人或身边人的青春故事。我期待的感动，类似于久旱逢甘霖、他乡遇故知、金榜题名时的感动。稿件中，我也遇到了这样的感动，比如董梦婕在异国他乡唱响《我和我的祖国》，素面凡心以《迁徙的母爱》赞美含辛茹苦的母亲等。然而，当大量伤感的稿件充盈我的邮箱时，我才恍然大悟，原来“热泪盈眶”不仅意味着“感人至深”，还包含着“无比悲伤”。那些爱而不得、留而无力、痛而无解的故事，让我不住地共情在他们的脆弱伤感中。这类故事让我意识到，设置这个主题是我做过的最残忍的事。我像在怂恿他们重新豁开伤疤，从中掏出那些刻骨铭心的往事公之于众。我想，他们在创作时，是在经受二次伤害吧。

由于他们的无私，本书内容呈现了更为丰富的情感。基于每篇文章的情感基调，我将本书分为四章，每章又被喻为“一张语气大碟”，分别是“唉！”“嗯！”“啊！”“嘿！”。“唉！”碟是忧伤的，有留不住的人、窥不完的动态、甩不掉的牵绊等；“嗯！”碟是惊诧的，有犹未晚矣的惊觉、生活不易的体悟、转瞬之间的成长等；“啊！”碟是强烈的，有父母爱子女、老师爱学生、医护爱病患等；“嘿！”碟是澎湃的，有不畏艰辛的自励、蜕变自我的决心、追逐梦想的信念等。其间，我穿插了六篇精彩短文，配以不同于其他正文的版式呈现，正如音乐唱片中的 interlude（插曲）。

虽书名中有“泪”，但这不是一本卖惨的书，而是一本耐人寻味、发人深省、催人奋进的书。从“70 后”到“00 后”，五十四位作者，每人都采撷青春际遇中一份别致的感动附于书中。我想，至少会有一份令你心尖一颤。

最后，我诚挚邀请你同游这段青春之旅，并请你关注每一位作者。也许，他们之中，会有未来的散文家、小说家或大编剧。

最劲不过青春的力量，请君雅赏。

五一泽

二〇二〇年六月三十日

目录

碟 I

唉！

伤别离

碟 II

嗯！

领悟 — 和解 — 蜕变

碟 III

啊！

大爱——真情——小确幸

碟 IV

嘿！

站起来——寻光——逐梦

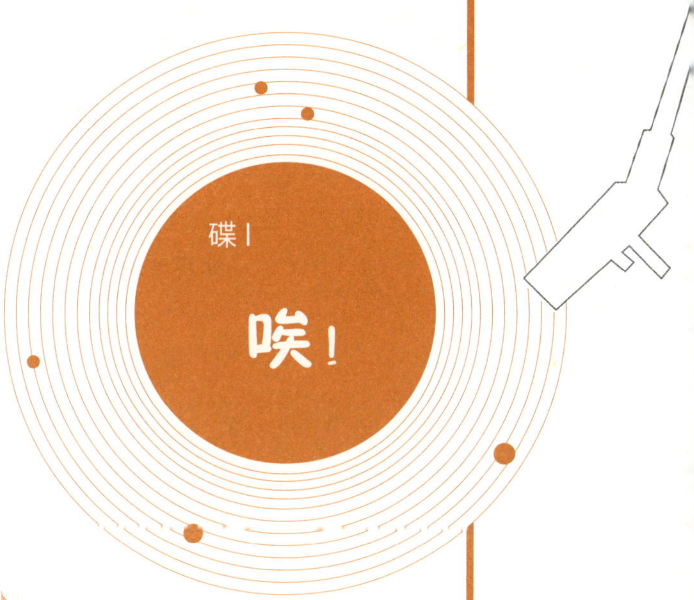

伤 别 离 都会叫人成长，可我放弃成长，你会留在我身边吗……

歌曲 ▸ *Hello*

词曲 ▾ Adele Adkins
Greg Kurstin
演唱 ▾ Adele

他打不通的电话，像是小说里找不到地址的信

冻顶乌龙菌

I was wondering if after all these years

我痛苦于是否给你去电，不确定多年之后

You'd like to meet, to go over everything

你是否还愿再见一面，聊聊过去，再展笑颜

这原本是她循环一遍又一遍的歌曲，现在却沉睡在她的歌单里，我一拾起就会流泪……

听到这首歌的时候，我总想起简·爱和罗切斯特先生的那场婚姻。由于对上一段婚姻的隐瞒，罗切斯特先生失去了简·爱，因为她认为这位善良的主人是在羞辱她的尊严。在七月的某个黎明，在罗切斯特先生的叹息中，她离开了桑菲尔德庄园。他们本如此相爱，

他看了她画的画，送了她昂贵的头纱，一切仿佛水到渠成……却因为一个谎言，两人一别两岸。

也因一个谎言，我认识的她和他，如简·爱和罗切斯特先生一般分离，却来不及在故事的最后重逢。她和他相识的地方，不是华丽的桑菲尔德庄园，而是一个嘈杂的动漫群。

她初到群里时，因话题相近，很快便和其他人打成一片。她也注意到那个一直在发表情包，看起来有些憨，又有些搞笑的男孩。一年、两年，时间过得很快，她成了这个群里的老熟人，不折不扣的群花，其中最聊得来的就是他。

他向她表白了，她也确实心动于他。但他不清楚的是，她其实身体一直不好，至少在我和她交好的时光中，我们多半是在病房中相见的。她躺在雪白的病床上，我坐在冰凉的椅子上……

是的，他们还是相恋了，男孩与她天各一方。“1453.7km”，这是他给她的信中写的。我曾问她：“你为何还要答应他？离他那么远，你身体又不好。”她说：“因为他高三了，他父母又离婚，他学校并不是太好。我希望他能考一个好大学……我希望我能成为他的动力，因为我爱他。”

就那样，她陪着他过生日，她听他唱歌，可能在家里，也可能在病房。正如她所说，男孩受她爱的鼓舞，拼到了年级前三。高考前，他问她，将来想去哪。她说，重庆或厦门，她很喜欢这两个地方。最终高考结果出来了，男孩没能如愿，但也考进一个很不错的学校。

他们继续相爱着，男孩说要攒钱带高考完的她去旅游，要去看男孩最爱的五月天演唱会……但他不知道的是，她已经很久没去学校了，几乎是住在医院里。

那天，她发疯了似的，一直打我的电话，让我帮她一个忙。

“你高考结束，帮我拒绝他吧！”

“那你呢？”

“那个时候我有手术，估计赶不上。”

……

我明白她口中的“赶不上”是什么意思。她自己心里其实一直清楚，那可能是她最后一场手术，也像是最后……最后一片树叶必然会落下。

高考如约而至。在前一天晚上，他们聊了很久。他一直在劝她去睡觉，而她一直想多陪陪他。她问他，如果她父母不同意他们在一起，怎么办？

“那我就过去强行把你带走 hhhh……”当时的聊天记录好像是这么说的。

高考结束的那天，我婉拒了父母带我下馆子的美意，而和她的父母一起，等她从那个小小的手术室里出来。

结果等来的是噩耗！明明那天阳光很好……

于是，我想尽了一切委婉的办法，最终以她父母不同意为由，帮她删掉了他。

她本想挺过那一道鬼门关后，继续好好爱他，但她自知凶多吉少，便不得不预设了一个天大的谎言，不想他为她那么担心，不想他知道噩耗后痛苦不堪。那时的她，像罗切斯特先生一样，那位善良的主人，他的谎言让简·爱离开了他。前妻烧掉了他的房子，却无法阻止多年以后他和简·爱重新相遇。他们一直相爱，但我在想，离开简·爱的这么多年，罗切斯特先生怕是无时无刻不在想念她，可惜没有她的地址，不知道她身居何处。那像是一通永远打不通的电话，只有他一个人在孤独地说着“Hello”……

而我认识的他们呢？男孩一次又一次地打来电话，我把他拉进了黑名单，想必他是痛苦的。说一个谎言，最终会通向两条路：真相或是下一个更大的谎言。她说了第一个谎言，是因为爱他；她说了第二个谎言，不让他心痛，也是因为爱他，却不知道这个谎言足以让他逃避世界，甚至可能难以再爱。一切她想要的期待，却化作了她最不想发生的一切。

造成这一切后果的“罪魁祸首”到底是谁呢？或许一开始接通电话的，不是她，而是“谎言”；按掉那通电话的，不是我，也是“谎言”。它接通了他俩的电话线，像是开玩笑一样弄错了两人最后的地址，把本应像小说里再次相遇的那片阳光和煦的森林，换成了冰冷的手术台和无底的深渊。

两年多了，如果她还在世，我想她会拨通他的电话，因为她欠他一句抱歉，就像歌词里写的：

To tell you I'm sorry, for breaking your heart

抱歉我曾让你陷入绝望无助

But it don't matter

但幸运的是

It clearly doesn't tear you apart anymore

不会再有人将你推入痛苦之渊

只是，那通电话，男孩再也接不到了。如此一个充满爱意的谎言，害了他俩的电话，也害了他俩的信件……唉！

作者云村 ID
陌路之雪

歌曲 ▸ 那女孩对我说

演唱 ▼ Uu
作词 ▼ 易家扬
作曲 ▼ 李偲菘
翻自 ▼ 黄义达

热泪盈眶的鲸

自扰姜某人

那女孩对我说，说我保护她的梦……

我把自己关进耳机里，听着这首歌，回忆起三个月前，朋友无奈却也坦然地说他结束了五年恋情时的场景。就那么结束了，相爱的他们最终选择了分手。

我的朋友叫“洋”，这个个头高高的大男孩也正如海洋一样温柔、深邃。他像是飞翔在梦里的蓝鲸，和深邃澄澈的天一样蔚蓝，与水墨点缀的云一般温柔。而洋的她，则是站在鲸背上张开翅膀的女孩，开朗纯真，爱着自由。

受了伤的海鸟飞不过海洋，落在了鲸的背上歇脚，就像初二那年，失恋的她遇见了坐在后桌的洋。无数情窦初开的故事，都由身边人给予的安稳催生。邻座的他们很快成了要好的朋友。每个人的青春里都有这么一个男孩或女孩。也许他不会倏然拨动你的心弦，令你神魂颠倒，但他会缓缓地走过漫漫长夜，轻轻地叩响你的心门。那温柔的敲门声啊，会驱走青春期独有的孤寂。

鸟儿为鲸讲述海上的风雨，而鲸也正如浩渺的大海那般，吸收了她所有的焦虑与不安。久而久之，鸟儿喜欢上了卧在鲸背上的安稳，鲸也迷恋上了鸟儿的驻足。于是，他们在一起了。明明都在炽热如火的年纪，却没有深情热烈的告白，也没有海枯石烂的誓言。两人的牵手如乔木连理般深沉，又如春暖花开般自然。

“慢慢地，我俩都有感觉就在一起了。”洋曾这样告诉我。她放下了曾经的那些回忆，开始往前看。早恋并不被提倡，但再死板的教条也无法束缚这对甜蜜的眷侣。

千言万语，难言那时初恋。那应该是他们最快乐的时候吧？那是鸟儿随鲸游过的海，是洋与她最珍贵的小“油腻”。后来，他们考到了同一所高中，却并不在同一个班。她对洋说：“我自己一个人很害怕。”于是，鲸为了守护鸟儿，总会循着轻灵的啼鸣声，游到鸟儿常飞过的地方。洋为陪伴深爱的她，常常来到她教室的门前。课间、放学，洋始终站在她身边。日子长了，难道他不厌倦吗？他说：“我没感觉这是累赘啊，或是什么任务。我觉得这么在一起也挺开心的。”日复一日，温柔的洋与她如影随形。

可世事难料，人生若只如初见啊。时间是无情的命运之神，把那时的人，那时的景，统统带往未来，无论美好抑或苦难。可又有多少稚嫩的爱情能走过那沉重的后来呢？

终于有一天，温馨的局面被打破了。那日烟雨，鸟儿对游来的鲸说："你先去别处吧，我要和鸟群一起！"正如她对洋说："不要下课就来找我了，我要交朋友了！"鲸跃出海面，在自己的心海掀起骇浪滚滚。洋说："我当时炸了。"没错，温柔的洋"炸了"。洋不明白，明明他们习惯了在一起，习惯了日日相伴。这话算什么！到底算什么？可洋没有歇斯底里地宣泄，甚至没有在她面前流露些许脾气。纵然不舒服，他最终还是选择了忍受。从那天起，他们只在放学时才走在一起。

放学路上的陪伴化解了大半矛盾，他们并未产生芥蒂。相反，他们都在自己的世界里交到了朋友，因此也有了更多可分享的新鲜事。他们仿佛又回到了温馨、快乐的从前。

在一起的时间少了，可洋给予她的安全感充足如初。他和自己班里的女生不主动说话，班里的人都理解他，从没有人觉得他在故作姿态，因为他真的很好。他的好是刻在骨子里的，对身边的朋友好，对他的她更是如此。

他太好了。一天，女孩叫了另一名男生送她回家。洋说他很气愤，她说他小心眼。无可奈何，他再一次选择了忍受，忍着忍着就习惯了。纵然后来她依然我行我素，他也不再生气，因为他知道她和那男生什么事也没有，他知道她还爱他。可是即使不生气，作为男友怎么可能会不难过呢？其实，他在女孩看不见的地方落了不知多少次泪……

毕业以后，他们虽然都各有所忙，但每天都会聊天。有人说他们相爱如初，有人说他们感情不再——他们像是老夫老妻般平淡，到了大学异地时，依然如此。

我曾一直羡慕着洋的甜蜜。他们视频时，洋的脸上总是带着至柔至真的笑容，我至今印象深刻。可能那时他已经察觉到了吧？他们的感情正在慢慢地走向尽头，维持他们关系的似乎只剩下了积累多年的习惯。他们就像是断裂的莲藕，仅有寥寥几根丝还在坚持。终于，临近新年时，她提出了分手。

那天，女孩对他说了很多：

“其实，这个决定我也想了很久了……

“你还记得高二吗？那时我觉得我们的各种问题，都是因为这该死的高中……高考之后，我们都有时间，本会好很多……

“你知道吗，我最开心的日子，是中考之后……

“高中那三年，有种我们没在处对象的感觉……

“还是谢谢你这么包容我，在意我……但是你太小心翼翼了，让我觉得自己没有在处对象……

“很多次，明明我没生气，你却一直在认错……我也很羡慕他们打打闹闹、骂骂咧咧的状态……和你这样相处真的太累了……

“对不起，我坚持不下去了，就到这吧……

“我们，分手吧！”

说这个世界，对她这样的不多……

忽然一声响雷穿过耳机，刺入我的耳朵。惊讶的我这才发现，窗外已下起了雨，而这首歌已在我耳畔循环了不知多少次……

作者云村 ID
SG-Shadow

歌曲▶把回忆拼好给你

翻自▼当山美玲
词曲▼童子-T Shingo.S
中文填词▼一只然
演唱▼王贰浪

我们不见，不散

匡震

“……”

这是第几次梦见他了？我对着天花板喃喃自语：“他现在，还好吗？”

他是林晟白。

我和他的关系在我看来，一直就是青梅竹马一般的存在。在我们过去二十年的人生里，至少一半的日子都有着对方的影子。我一直觉得，如果以后我的人生要和另一个人分享的话，那么那个人一定是林晟白。

林晟白是我喜欢的第一个男孩子。幸运的是，我也是他第一个见了就会脸红的女孩子。在两小无猜的过去，我们就拥有了这个心照不宣的秘密。

可是不知道为何，我们明明知道彼此喜欢，却没在那个时候在一起，而是在兜兜转转好几年后才短暂重逢。为什么是短暂重逢呢？这个故事，说来话长。

愿我们未来光明

我和他，都曾花大把大把的时间，为同一场考试而头疼，为一位老师无休止地拖堂而着急，为最后一节课上从食堂飘来的香味而走神。仔细回想，我过去的日子里，好像大部分的回忆片段都和他有关。

小学毕业后，我们去了同一所初中。分班那天，我在外地，正准备问朋友时，QQ 就“滴滴滴”地送来新消息，是林晟白的。

“五班，我们一个班。”

“真是个好消息呀！”我记得当时的心情。初中时，我很喜欢布置黑板报，既可以理直气壮地让林晟白去洗画画的工具，又可以看到最后一排的他，百无聊赖地盯着我忙忙碌碌的样子。

后来，我和他之间有了莫名其妙的“冷战”，以致好长时间都不理对方。他认为我在赌气而故意不理他，而我认为是他冷落我在先。可究竟因何而起，他不知道，我也不记得。我们就那样有了一段彼此平行的日子。即使视线相碰，也会迅速移开；即使被分到同一组，也只是沉默地完成小组作业……

那个时候，我有预感：我们会去不同的地方念高中，快要分别了。我鼓起勇气，在初三快毕业时，向林晟白借了一支水笔，又像很久之前那样，习惯性地拆解水笔后再还到他手上。我向来自尊心很强，这已是很明显的主动示好，我希望彼此之间别再尴尬，但他貌似没接收到这个信号。于是，我和他又没了任何交集。

初中毕业后的那个暑假，我参加了一次小学同学聚会。我到得比较迟，而林晟白更迟，全桌只剩一个空位置，在我的右手边。他很自然地走过来坐下，我的脸却渐渐滚烫。

“搞什么，林晟白都不理你，你还脸红个啥?”我当时咬着筷子，恨铁不成钢。我不理他，也怕理他，只好一直和左边的同学说话。那时我还不知道，一场聚会下来，林晟白已为我添了几次果汁。只是每一次，我都在奋力向左扭着脑袋，避免和他眼神交汇。偶尔转回头来，我就飞快地喝上一口再转过去，从来没想过这杯子怎么始终不空。

到了聚会结束前的最后一杯，当大家齐声喊“干杯”时，我忐忑地说了一句轻柔的话:“希望我们都能越来越好。”

曾经，我们的眼中只有我们

不出所料，我们果然没去同一所高中。我不再知道他每天衣服的颜色，也不再掐着点出门以期遇见。高一下学期时，我莫名其妙地加回了他的 QQ，或许是想念的缘故。“如果那时没删好友，那么他现在肯定是我好友列表中的元老级人物了。”我看着屏幕上的好友天数，笑嘻嘻地想着。

加上好友后，林晟白飞快地发来一条消息："前段时间，我梦到你了。"原来林晟白在"守株待兔"。

一年之后，我们终于走到了一起。大冬天里，午休如此短暂，他却骑着车，花了一个小时，从他学校来到我的校门口，只为见我十分钟。我还记得林晟白第一次牵起我手时他湿漉漉的手心，我当时还直愣愣地问紧张的他："这是……水吗？"除了牵手，还有那轻轻的、带着冬日阳光味道的拥抱，和少年走的时候故作潇洒的挥手。

我很想很想把这份迟了好几年的拥抱欣喜地分享给所有人，他却以不可言说的理由让我先保密。在那以后，我开始累积各种不开心，而他始终试图以他的方式化解这些矛盾，可越是化解，越是乱套。

二〇一七年末的凌晨，我犹豫了很久，在聊天框里输入了一行字。"我们还是，分开吧。"手指悬在发送键上很久，才点了下去。

大学录取通知书下来那天，收到久未联系的林晟白发来的消息。一直以来，他总是比我更勇敢。

"我去了这里。"

"嗯嗯，恭喜你呀！"

他的消息令我激动不已。怎么这么久了，我还会因他而心跳加速？我不知道答案，但我知道这并不代表未来有所期许。我们的大学，一个在南，一个在北，比成百上千个我们高中之间的距离还要远。

那是七月天的中午，没开空调的屋子里只有闷热的风偶尔吹来，吵闹的蝉鸣一直不停，可是我的手机安静了下来，再也没有新消息的提示音响起。

这次就不等你的回答了

随着时间的流逝，我越发清楚林晟白在我心中的分量，可我不知如何开口，问他还回不回来。

“可能就要这样一直错过了吧。”

《小王子》中有这样一段：“玫瑰在离开小王子的时候说：‘我当然爱你，没有让你感受到，是我的不对。’”

在我们的过去，我喜欢却又不敢爱的那份矜持，林晟白喜欢却不敢表白的那份纠结，都让整个故事变得停滞不前。

“对不起，林晟白。”

“对不起，我也是。”

我从床上坐起来，又习惯性地光顾林晟白的网易云主页，发现他喜欢的歌从一百四十八首变成了一百四十九首。点击他新加的那首《把回忆拼好给你》，看着屏幕上滚动的歌词，却突然鼻子一酸，失落感一下子从头到脚把我包裹。

为何一切，变得如此，无法回到过去……

就算如今，天各一方，祝你余生动听啊……

听到这些歌词，我还是没忍住那些不想承认的难过，没有号啕大哭，也没有抽泣不止，只有眼泪无声地涌出。我们……是真的错过了。

其实林晟白不知道，这个故事里最舍不得的那个人是先说再见的我。

我还记得他初一时穿的那件灰色外套，更加记得自己装作若无其事地让妈妈给我买上一件同色的，只为某天可以与他“很巧合”地撞色……

我记得他旅游回来送给我的纪念品，也记得在“断联”的日子里赌气丢掉它后却不停翻找的慌乱……

我也记得他爱用纯蓝水笔，还有他的白色短袖后背上，满是因碰到后桌的笔尖而挂的彩，红的、黑的、蓝的……

还记得他说想要一起去的那所大学，尽管后来我们谁也没去。

个人听歌主页没有访客记录，对我来说，这像是一把保护伞。我一次次地点进去，听他最近喜欢的歌，把他动态里分享的那个乐队的每首歌都听一遍，评论区都看一遍，心想：“也许某条评论就是他想对我说的话呢？”

没理由再打扰的这段日子里，我总是以自己的方式参与他的生活。可是现在，我突然想放弃了，慢慢地点开微信，发了一条仅林晟白可见的朋友圈——我们为什么总是在不停不停地错过？希望你过得好，但是不要让我知道。

明明难过，整个人却轻松了许多，好像放下了背负已久的包袱。

而这条消息，大概还会像在那年七月天的中午一样，只有吵闹的蝉鸣才会给我回响吧。也许你早就忘啦，这次就不等你的回答了。

“再见，林晟白。”

作者云村 ID
匡震

歌曲 ▶ 成都

词曲 ▼ 赵雷
演唱 ▼ 赵雷

春风远去时

刺刀

我来到这座城市已整整一年了，没有隆重的“周年纪”仪式，只有一年来与家人分隔两地的无奈与思念。城市是陌生的，人是陌生的，这里的春天竟也是陌生的。

我曾在好多年的明媚春光中踽踽而行，却从来没有像今年和去年春天这样落寞。但我必须忍受这难以消退的隐痛，因为我不仅是儿子，是丈夫，是父亲，还是一个肩扛职责与使命的男人。这关乎家国情怀，关乎男儿热血。

想想这些年，好像很多无奈的分别和苦涩的失去，都是发生在春天即将远去的时候。赵雷的《成都》凄美地描述了秋天分手的故事，而我的离开却总是在春天，比如父亲和母亲的辞世，我一次次调到异地离开家人，以及那个没有“告别”的告别……

十九岁那年，我满面朝气，在人生拐点前耐心地等待绿灯亮起。

如果绿灯亮了，我就会开启全新的征程；如果红灯一直不灭，我便会从抛锚的车子上下来，徒步走向另一种人生。虽然面临的都是新的人生，但对那时的我来说，前者意味着成功，后者则意味着失败。每个人都在积极备战军考，毕竟这是几百人要争着抢着过的独木桥。

由于理科底子好，我被领导安排给一名女考生辅导功课。当时，她已经读过一年大学，参加这种考试本该手到擒来。偏偏不凑巧的是，她的数理化成绩不尽如人意，而这三科分数在军校考试中的总分占比高达百分之六十。可见，她不够幸运，而我这个高中毕业生就顺理成章地成了她这个大学生的“老师”。

她家就在我们营区隔两条街的地方。单位领导很照顾她们女兵，她可以回家备考。作为“老师”，我第一次去她家，就被请进了她的闺房。小屋子很干净，有一张整洁的床铺，一个堆着很多书的书桌，还有一套老式衣柜。那天，她穿着素雅，瓜子脸配短发，高高的个子，苗条的身材，浑身散发着一股校园女孩特有的浓浓的清纯气息，令我不由得怀疑她到底是不是一个女兵。

第一次辅导功课，我们彼此都显得拘谨。她妈妈倒是很热情，端来一盘水果，叮嘱我们记得吃，随后就离开了房间。她姥姥是位非常和蔼的老人，见我第一面时就笑呵呵地看着我，满眼慈爱。为了不辜负所有人，我这个“老师”很尽责，只要她有问题，我就会认真地讲解。从她起初羞得满脸通红到后来听得全神贯注，这个过程仅持续了不到半个小时。然而，我依旧局促和紧张，就这样陪她一起度过了两个小时。

从那天起，每天下午给她讲课成了我的例行工作。我们彼此也渐渐熟络起来，不仅复习功课，还偶尔畅谈人生。她对我新兵连和上学时的故事尤为感兴趣，几乎把我所有的秘密都挖了出来，当然她也讲了很多她的经历。渐渐地，我发现她姥姥每次见我到她家，笑着招呼后，就会拄着拐棍到街上去溜达，经常只留我们两人在家。我怀疑老人是故意这样做的，后来从她嘴里得知的确如此，老人家已把我当作她外孙女的男朋友了。经过短短一个多月的辅导，我们在彼此心里都埋下了一丝看不见、摸不着的情愫，她不说，我更不会说。

我经常去她家里这事儿，在我那一批备考军校的战友中传出另一种声音——我和她在谈恋爱。这让她的追求者很是愤懑，他连看我的眼神都变得异样。被人如此冤枉，我有口难辩。其实，我承认对她有好感，但我和她绝没达到男女朋友的程度。不知出于避嫌还是其他什么心理，我此后一周都没去她家，直到她特地打电话到单位找我讲题，我才勉为其难地去“履职”。

见到她时，她正一脸不悦地坐在床上，看我的眼神很是凌厉。我尴尬不已，试图打破这种局面，问她哪些题不会。她却问我是不是听到什么传言就不敢来了。我像是被踩到了尾巴一样，立即反驳说没有。那一天，我们没有复习功课，而是聊到很晚。我明白她的心思，却不敢接受，因为我还等在红灯禁行的十字路口，前途未卜。我不想不负责任地答应她，而后让生活对我们都“不负责任”。

那个春天就要过去了，连尾巴都快看不到时，我们相约在江边见了面。那条大江碧波荡漾，很美丽，对岸是异国风光。她问我，马上就要考试了，将来有什么打算。我知道她说的“打算”是什么，一时没回应。有些自负的我在她面前，是那么的没有底气。我说不知道，因为未来无法把握，只能努力拼出属于我的未来。她说我们来个约定吧：如果都考上军校了，那就给彼此三年的自由时光，各自寻觅更好的另一半；如果三年后都还单身，毕业了我们就结婚！我被她大胆的提议吓得不知所措。缓了半天后，我问若是我考不上呢？她直接回道，那你就明年继续考，我会等你。

春天过后，我们都参加了军考，也分别考上了心仪的军校。只记得那年春天的尾声，风很大，飘在风中的承诺想抓都抓不住，连三个多月积攒下来的情愫也被刮淡，淡成丝丝缕缕，淡得模模糊糊，留在心底的所剩无几。三年很长，却也很短，当我从列兵变成少尉时，当连她最后一句“我会等你”都快记不住时，我接到了她的电话，她告诉我她没有找到另一半，她想……

抱歉，我勇敢地迈出了那一步，可惜牵手的不是你。如今，我一听《成都》，就会想起忘了和你告别就“私自”离开的愧疚。

万幸的是，这首歌唱的是九月，不是五月；是成都，而不是江城。不然，那段回忆会变得更潮湿。

作者云村 ID
昔年那缕风

歌曲：这一生关于你的风景

演唱：枯木逢春 | 词曲：枯木逢春

INTERLUDE

一封无法寄出的告别信

莲语

叶先生：

许久未联系的你，还好吗？曾经有无数个想法涌上我的心头。想与你联系，想知道你的近况，想在你发布伤感动态时，听你倾诉，对你说一句晚安；更想在你难过时，飞奔到你的身边拥抱你。可惜，这些看似简单、平常的举动，在你我之间却似乎有着一光年的距离——无法靠近。毕竟现在的我们既不是恋人，也不是朋友。我没有恰当的身份去关心你，所以这一切于我而言，实在太难、太难。

你知道吗？每当我想联系你时，内心都要经过激烈的思想斗争。冲动，大多数都被理智压制住了。当然也有例外，我发了消息给你，等了好久好久，你都未曾回复。

我清楚记得，在毕业那天，你给了我一张纸条。上面第一句话是："这也许是我写给你的最后一张纸条了。"当时我还在想，未来我们还有那么长的时间，怎么可能是最后一张呢？没承想，这真的是我们之间的最后一张纸条。

纸条中，你提到了我们两人的“七年之约”。现在，八年都已经过去了。我们的约定以失败告终。我也尝试过，在七年之约到来之时，我问过你：“我们之间还有可能吗？”你坚定地回复我“不可能”，还说让我好好读书，你不值得我等。你不知道当时我有多难过。在那年的生日当天，朋友们都给我送了祝福，唯独没有你。在最后一分钟，我没忍住，给你发了消息：“等到最后也没有等到你的祝福。”结果你秒回了一句“生日快乐”，我开心了好久。

不久后，我又一次在梦中遇见了你。惊醒后，我把我这么多年想说的话都发给了你。这是你第一次没有回我的消息，我也没再纠缠。大概过了三个月，你在空间里发布了一条说说，“可以把想对我说的话发短信给我”。于是我给你发了一条短信：“我们都要好好的！”你在第二天回复了“各自安好”，那时候我就告诉自己我们之间该结束了，我也该放下了。

我似乎做到了，坚持了半年多。那一天，我和朋友玩大冒险输了，于是发布了一条说说，@了一个男生，宣布他是我的男朋友，评论区里收到了好多祝福。但当我看到你的评论“99”（久久不分离）时，我既意外又难过，还夹杂了一丝丝开心。我没想到你会来评论，更没想到你给我的第一条评论却是祝福我和其他人。当时想立马打电话给你，最后忍住了，选择发了消息。这是你第二次没有回复我，被点燃的心再次熄灭了。当新冠肺炎疫情出现时，我害怕会再也见不到你，又不知道如何表达我的担心。再一次给你发了一句："注意防护，多宅少出门。"这是你第三次没有回复我。

"让我再来轻轻对你唱，我多想能多陪你一场，把前半生的风景对你讲……"

这两年，每当我听到枯木逢春的这首《这一生关于你的风景》时，脑海里就浮现了我们曾经的点点滴滴。在回忆那些美好时，我反复告诉自己，我们之间已经结束了。对你的了解越来越少，我只是单方面喜欢着曾经的你，在难过、伤心时想起的人是你。但是现在我要与你告别，也与那个爱着你的我告别。因为我清楚，无论我们的未来在哪，都不会有交集了。

再见了，叶先生。还是那句话，"各自闯荡，彼此安好"。

作者云村 ID
YZJSH

歌曲 ▸ 暗恋是一个人的事

演唱 ▼ 宿羽阳
作词 ▼ 陶小陶
作曲 ▼ 宿羽阳

一个人的兵荒马乱

乔伊

记忆的梗上总有两三朵“幽兰”，散着情绪的香，含着故事的歌。真有那么一首歌让我热泪盈眶？有！这首歌藏在我的故事里，一字一句都那么真实熨帖。

二〇一九年的九月，在成都。他是我们军训的教官。那是我第一次看见他，第一印象就是很高冷，还凶凶的。

第一天军训晚上就下了雨，他目送我们回去，眼中有光。我们穿着雨衣，而他湿透了，仍在雨中不慌不忙地指挥，这一幕感动了我。

训练时我站在第一排，每每他经过时，我总能隐隐闻到一丝淡淡的香。这香便留在了心底，至今我都没再闻过类似的香。我忍不住问他用的什么洗衣液，那是我们第一次说话。当时他微微笑了，还傻乎乎地抬手闻了一下衣袖，随后在被朋友拉走的仓促间说了“椰子味”。

军训期间，我们都在槐园吃饭，排队时我的饭盒掉在了地上。正巧他站在旁边，还准备帮我捡，可我立刻蹲下捡起。他温柔地说："小心点。"

我那时候的心情像恼人的秋风，是胡乱刮的，片刻安宁都没有。同学一说他要走了，我心里就更乱了。那天晚练解散后，我看着他离开的背影忧心忡忡，担心连一句再见都没说就后会无期了。

好在他第二天又回来了。听同学说他不是部队的现役兵，而是我们的学长，我当时很惊讶。他那么稳重，那么踏实，还有那么矫健的步伐，是经过多少历练才成就的啊？庆幸他不是现役兵，不然我们可能永远也不会有交集。

在军训的中程，太阳过于给力，休息时同学都挤到阴凉地。远远地，我看见他要么背靠着足球门，低着头若有所思，要么坐在离群的地方，目不转睛地盯着某处。他在想什么呢？大家很爱调侃他，有人叫他向其他教官学习，让人家多休息休息。可我们走得一团糟，他只好一排一排耐心地教。我们不说话，他要不断念口令，还要纠正我们的错误。休息时，操场上在排练迎新晚会的节目，一有精彩的部分，他就会小声地提醒我们快看。那时的他，乖巧中带着调皮。

我看到他悄悄地给同学大白兔奶糖，一连串问号浮现，背后的故事令人浮想联翩。后来，我才知道是因为那同学去申请领队却落选了，他在以自己的方式表示安慰，不动声色，充满温暖。

站军姿时，我老出错，他先是扯我的衣袖提醒我。坚持了一会儿，我手又松了，他就用笔轻轻地敲一下我的手，这些细节和那一身香味一样深刻。

“那时草在结它的种子，风在摇它的叶子”，站着偷偷看他，已然美好。

转眼军训走到尾声，汇报表演如期而至。他穿着国旗护卫队的正装走来，排里一片赞叹。他来叮嘱我们好好完成最后的正步。我们拿出十足的精神，完成了训练效果的十一成。他担心我们无法接受离别场面，就没有直接告别，而让同学把他写给大家的信发在群里。我记得其中一句：“聚是一团火，散作满天星。”

部队来的教官真的走了，而脱去作训服的他变回阳光学长，在同一所学校，我期待着再相遇。

在桃李园吃饭，我四处找室友，一抬头就看见了他。他的眼角带笑，那一瞥令我的心怦怦跳。我一时麻木了，仿佛时间暂停，只有泰戈尔的“飞鸟”划过天际。

真是情不知所起，也许是在看到月亮就想起他的那一刻，也许是更久更久之前的某一瞬间。感情真是一个难解的谜，毫无逻辑可循，难以用语言文字描述。喜欢上他的那一刻，我就希望，和他看书学习的是我，和他分担风雷寒潮的是我，和他共赏流岚虹霓的是我……

预备役迎新晚会时去看他表演，望着他和队友一起走下台阶，不觉心头微微颤动，越了解越心痛。他很优秀，我羡慕与他同行的每个身影，本想和他打招呼，可总是在害怕些什么，不安的心驱使我走出了活动中心。那晚踩着冷冷的月光，试图以踱步来消磨愁绪。

寒假前，我想约他看电影，因为担心太过唐突，犹豫了许久才开口。惊喜的是，他答应了。回学校时，他主动帮我拿饼干，让我把手揣兜里暖和点。这是很平常的事，却在我心里泛起涟漪。可是要怎么启齿我深藏的心事？亦舒在《她的二三事》中写道："如此情深，却难以启齿。原来若真爱一个人，内心酸涩，反而会说不出话来。"

止于唇间，只敢满眼温柔。我的问题他都很耐心地解答，可他大概是个盲人，看不到我嬉笑里的诚恳，都怪我孤陋寡闻，错把他的礼貌当作认真。感觉自己好傻，明明知道他对所有人都很好，我只是其中之一，没有什么特别的，却老是期待着他会对我不一样，结果只会渐渐失落。

始料不及的欢喜是，除夕晚上收到他唱给我的生日歌。我想他觉察到了我的心意，我等着他主动跟我说点什么，可始终没收到音信。既然他不说，就换我来说。二月二十九日，我小心翼翼地记着他的生日，毕竟四年才一次。可由于疫情不能面对面送祝福，我就精心做了一个小视频发给他，期待他惊喜的样子。结果他只发来寥寥几字，暗示对我没有男女之意，那一瞬间我心灰意冷。

感情可以让人所向披靡，也可以让人顷刻溃不成军。这是我第一次做视频，每一帧画面、每一个特效、每一段音乐都是我精心挑选的，每一句话都是真心话。它倾注了我的感情和期待，却换来无声的眼泪，就像《富贵男和贫穷女》中夏井真琴哭着对日向彻说的"因为太喜欢了，所以好辛苦"。不明白他的心意，得不到想要的答案，仅仅是一个人努力，不是双向奔赴，是很累的。

他很诚挚地道歉，可我不想听！仔细想想，他没做错什么，只不过是我一厢情愿而已，太多期待积攒成了失望。

我哪有勇气一直追逐背影，仿佛冬天饮冰又心生顽疾……

听到这句歌词，眼泪就抑制不住地流。我还是很羡慕与他同行的每个身影，然而我和他始终隔着距离。我没有勇气再去追逐他的背影了。他不知我有多么在意他，因为世上没有真正的感同身受。

没有回应的感情要适可而止。只缘感君一回顾，使我思君朝与暮。做了个梦，醒来后惊觉真实，一整天都耿耿于怀。梦里他和我坐在长椅上聊天，突然旁边有个预备役女生晕倒了，他啥也没说，跑过去抱起她就往医院走。一阵酸楚猛然涌上我的心头。

虽然知道可能等不到“晚安”，但直到“23：59”还在等待。想把自己的心冰封起来，这样就不会感受到外面的动静，没有四季，没有酸甜苦辣，不管喜乐哀愁都不会动心了。

好不容易释怀，他又发消息逗我。如果他一直不理我，我就不会抱有期待。可偏偏他偶尔会找我聊天。我以为和他的距离又近了一点点，结果却又是自己想多了。

无论你遇见谁，他都是你生命里该出现的人，都有原因，都有使命，绝非偶然，他一定会教会你一些什么。成长路上听过很多故事，也反反复复地想过很多道理，比如喜欢不一定要在一起，喜欢一个人会努力让自己变优秀等。刚好情窦初开时遇到他，直到此刻，我仍然十分感激他能出现在我的世界里，让我想要努力变得更好。

月遇丛云，花遇和风，斯人若彩虹，遇上已经足够幸运。

过去刚过去，未来尚未来，我将收起回味的心，继续奔赴前程。

作者云村 ID
Dear 婕希贝尔

歌曲▶妻子

作曲▼刘青
作词▼任毅
演唱▼谭晶

堂　　客

迁渡

在我老家湖南双峰这边，结了婚的女人有一个共同的代称：堂客。

起初，我听不大清究竟是哪两个字，直到有一年暑假，我们全家到毛主席故居参观的时候，我颇为好奇地问母亲这老屋客厅在哪。她正焦躁地埋头翻包，便没好气地答我一句："这么大人没长眼睛吗？前面左拐就是堂屋。"

抓住了一个字，上百度搜索就容易多了。我凭借着多年自译乡音的技能，在敲打了几个读音近似的词语之后，总算搜出来了这个名为"堂客"的词条。

词条配图是一个脸庞圆润好似充了气的女子，身材丰腴，皮肤白皙。底下的释义为："堂客，意为堂上客人，泛指妇女，特指已婚妇女。"

读完，我盯着那女子打量了一会儿，莫名心生恶意，仿佛一股臊气透过屏幕直冲而来。我匆忙想关网页，无奈电脑老旧，光标卡在那页面不厌其烦地画圈。我不得不盯着她许久，心想我父亲铁定就喜欢她这类型。

我一直觉得母亲就像她最爱的水果榴莲，表面像个刺猬，说起丑话恶话毫不吝啬，内里却闷骚馥郁，平静的时候想当个小女人，吵架的时候想当个女强人，吵完又想当个比丘尼。

于是每回夫妻二人干完架，母亲都泪眼婆娑地吸着鼻子道：“我要出家，我要当尼姑去。”

小时候头一回听到这话只觉得母亲有趣，甚至有些想笑，直到有一回母亲真的离家出走了，半个月后精神焕发地和父亲一同回的家。我问她去哪了，她只道去了她大姐家，日子过得很好。我替她高兴，因为她那时已经很久没露出过笑容了。

回了家的母亲并没有因此性情大变。非要说哪里不同了，那就是平日里连换季衣服都舍不得买，只换着穿我爸从部队捎回来的几件迷彩短袖的她，开始烫发、染发、做指甲，有天晚上回来还招呼我扒拉她眼皮子，问我好看吗？我眯着眼瞧了许久，她才兴致缺缺地告诉我，她埋了根只要十元的眼线。

母亲不仅变美了，她还正式开始了家属院的社交行动。那年除夕夜，母亲主动承担了组织家属大合唱的任务。四五十号身着白衬衫的阿姨姐姐们一字排开，上下五排簇拥着母亲。我特意跑去前排替她拍照，她眼睛亮晶晶的，我头一回看见如此容光焕发的母亲。

前奏响起，身后的大荧幕上开始播放 MV（音乐录影带）。忽然台上出现细微的骚动，我不明所以地盯着母亲，只见她面不改色地接过后台送来的新话筒，揪出坏话筒握在手里，再稳稳当当地将新的塞进支架，面带微笑，正好启唱。

她们合唱的曲目是谭晶的《妻子》。那是我头一回听她唱这首歌。我的母亲，身着白衣，头顶黄发，唇抹口红，青紫色眼影，妆容奇怪甚至难看。但她就站在那儿，身干笔直，歌声时而高昂激荡，时而悠扬婉转。台下观众乌泱泱一片，顶灯洒在舞台上，仿佛全世界都聚焦在我母亲一人身上。

真正的男儿，你选择了军旅，痴心的女儿，我才苦苦相依……

我知道她是唱给父亲听的，可我四下寻人无果，问身后通信员才得知他的去向。原来父亲嫌歌声太吵，早已回宿舍睡觉去了。

父亲平时工作忙，部队每周只有两天才统一派车送他们回来。从军以来，母亲找过不少工作，她之前本是医生，从军之后不远万里奔赴新疆与父亲团聚。

她不肯待在家里，便总是不安分地跑出去，从药店干到中医诊所，又从中医诊所干到二手车中介，最后从二手车转行到二手房，东奔西跑，乐此不疲。以至于我大半个童年都是在别人家里度过的。

父亲说她："你做又做不好，天天换来换去，一个堂客娘们，不如好好安静待家里。"

奶奶也打来电话问孩子怎么办，母亲突然笑嘻嘻道：“那您过来帮我带吗？”电话那头沉默了。我心里明白，奶奶家里有孙子带，没理由来带我这个孙女。

虽然那时的我并不理解，也不看好母亲这样“抛家弃女”地往外跑，但随着她脸上的笑容增多，父母之间的矛盾好像也在无形中慢慢递减，我也就学会了适应与妥协。

可有一天，我放学回家，从班车上下来，便远远地看到一伙人凑热闹似的堵在我家单元门口。我背着砖块重的小学课本，费力地跑过去，有人瞧见我，一把将我拉进单元楼，气喘吁吁道：“你妈想不开在厕所要寻死，你快去劝劝她。”

那一瞬间，我脑子里好像灌了海水，意识被泡在涨落起伏的海里一会儿清晰、一会儿混沌，记忆中浮现母亲每次大喊大叫后的样子，双目赤红，嘴角带点白沫，头发凌乱，黏糊糊地粘在蜡黄的脸上。我只记得她每次恢复正常的样子，没想过她决定不恢复正常的样子。

我来到家门口，客厅里站了两排身着迷彩服的士兵，厕所门反锁着，从顶端的小口透出暖黄色的光，父亲焦虑地左右踱步，隔壁参谋长家两口子围在他身边，三人思忖着下一步该怎么办。

见我来了，参谋长的妻子连忙拉我过去。她比我母亲小几岁，三十有余，颇具韵味。她说话自成一股娇媚神态，即便嘴上说的是寻死觅活的话题，听起来也不觉得可怖。我不敢去盯那厕所大门，便死死盯着她那张护理得当的脸，然后莫名其妙地流下了眼泪。

我哭的声响愈来愈大，身体支撑不住地向后倒去。我撞在了厕所门上，一声闷响，我听见门内的母亲也坐倒在地，放声大哭。

士兵见状连忙将我拉开，一伙人鼓足力气朝门上撞去，木质门锁像鞭炮一样炸开。从此以后，我家的厕所门锁都撬了，每回解手或洗澡便搬个板凳抵住门口，极不方便，但极为安心。

后来再没人提过这件事，母亲年纪越大记性越差，父亲只觉得丢人现眼。

二〇〇八年，我小学毕业，母亲计划带我回老家念中学，她坚信我回去才能接受更好的教育，她甚至主张变卖老家的房子，在省城重新买套学区房。

父母为此又吵过几次，我断断续续听到过片段，无非就是父亲嫌省会房价太贵，母亲却说早买早赚到。二人各执一词，整日整夜吵个没完没了。

恰逢父亲年假，两人抬头不见低头见，那屋子好像被抽了空气的袋子，密闭堵塞，让人喘不上气。

奥运会开幕那天，三个人难得并排坐下一起看电视。烟花腾空而起，母亲笑了，我也笑了，我目光追随着圣火，直到它像一条巨龙似的攀上顶峰，那火焰倒映在我眼里。余光里母亲好像回头对父亲说了什么。父亲先是沉默，然后暴起，电视还在直播，家里的空气再次稀薄。

后来母亲独自开着车带我回老家，从南疆开到哈密，途经河西走廊，再到陕北，一路上两侧皆是金黄璀璨的戈壁滩。

有时我们停车歇息，就背着正午的太阳放眼沙漠，风把不远处的芨芨草吹得沙沙作响。母亲双手套着冰袖，胸前裹着丝巾，脸上戴着太阳镜，瘦瘦小小的身子好像不堪一击，但依旧站得笔直。

忽然她示意我向远方看去，我眯着眼朝她手指的方向张望，那是一座不大不小凸起的土包，就像地平线上多余的一缕曲线。母亲说那是牧羊人的坟墓，他们是这世间最后一批跟随太阳和四季作息的人群。日出而作，日落而息，已然成了当代人最奢侈的需求。

最后，她笑着说自己死后也要咋样方便咋样来，决不麻烦我为她的后事忙得不可开交。我想这就是我的母亲吧，她不是别人家的“堂中之客”，她就是她，即便翻箱倒柜，再把地球掏出一个洞也找不出第二个她。

休息与整顿完毕，我们再次出发，车上正好响起《妻子》。母亲轻轻唱着，而我转头望向无边无际的大漠，眼泪掉进思绪的沙砾里，滋润出一朵摇曳生姿的花。

作者云村 ID
渡影说

歌曲 ▸ 梨花又开放（Live）

翻自▼周峰
作曲▼因幡晃
作词▼丁小齐
演唱▼韩红

梨花又开放

晨曦

忘不了故乡，年年梨花放，染白了山岗我的小村庄……

爷爷的院子里有一棵梨树。我小时候，每逢梨树花开，爷爷都会收集一些梨花，洗干净泡茶喝，说是可以养肝明目。到了晚上，我和爷爷搬着小板凳坐在梨树下，闻着淡淡的梨花香，喝着梨花茶，听爷爷讲他年轻时的勇武故事。

随着年龄的增长，我回去的次数越来越少。每年花期到了，爷爷都会打电话给我，说："院里的梨花又开了，什么时候回来？你不是最喜欢我泡的梨花茶吗？"我不似敷衍地敷衍道："最近工作太忙了，过些时候吧。您多注意身体呀，我空下来就回去。"那时，我总以为看爷爷有的是时间，因为在我印象中，爷爷一直是健康的，他几乎从未生过病。

去年五月，我突然想回老家看看，便请了假，第二天就和刚好回去办事的妈妈去看望爷爷。在路上，妈妈说："这几天爷爷生病，一直在打针，看到你回来，他肯定老高兴了。"我笑着说："那爷爷的病肯定能好一大半。"可想而知，我当时以为爷爷只是感冒而已，并无大碍。

"爷爷，奶奶，我回来啦！"刚进门我就喊。奶奶迎出来，笑着说："前两天爷爷还念叨说想你了，怕你忙，没时间回来，还洗了一些梨花晾干，准备给你寄过去呢。快进里屋看看你爷爷吧。"我笑了笑，进了屋子。可看到卧在床上的爷爷时，我惊得不知所措。他瘦得像皮包骨似的，胳膊上、手背上的血管清晰可见，眼神也黯淡无光，这不是我印象中的爷爷！这时，爷爷说："小九这是终于回来看看我了。"我强迫自己冷静，故作撒娇地说："对啊，咱爷孙俩心有灵犀。我听到您想我了，就回来了呀，最主要的是想喝您泡的梨花茶了。"我就那样陪爷爷聊着天，对他的身体状况只字不提，怕伤害爷爷的骄傲，但我心口像是堵了什么，特别难受。

那天吃过午饭后，再坐上一会儿，我就陪妈妈去办事了。临行前，我对爷爷说："下午忙完了我再回来，爷爷一定要泡好茶等我啊。"他一口答应，说："好！"

世间万物好像冥冥之中安排好了一样，人如此，机缘亦如此。我和妈妈办完事正往回走时，大伯母打电话来，说："快回来吧，你爷爷不行了。"说真的，当时我听大伯母的语气并不急切，回想到晌午爷爷还精神尚可，还以为他是怕我不回去，才让大伯母催我。但我心里还是很慌，便加紧赶了回去。当看到小姑和大伯母抱着奶奶哭的那一刻，我蒙了，听不到外界的任何声音，只隐约看到床上躺着一个人，明明离得很近，却感觉那么遥远。我上前抓住他的手，毫无疑问是爷爷的手，可冰凉冰凉的。我过了好久才缓过来，她们的哭声在我耳畔渐强。爷爷离开了！我不肯接受这个事实，明明上午他还和我说话，明明中午还给我夹菜，明明答应下午给我泡梨花茶……

奶奶把我揽进怀里，说："你爷爷临走之前见了你一面，他没有遗憾了。"听她一说，我的悲伤情绪彻底爆发了，我泣不成声地说："奶奶，是不是……我不回来，爷爷就不会走……他会一直念着我，舍不得离开……"

我和亲人一起给爷爷办了葬礼。他入土为安，我心却难安，可不得不继续好好生活，因为那是爷爷对我的期盼。我临走之前，奶奶交给我一个盒子，说是爷爷留给我的，让我到家再打开。我忍了半路，终没忍住，打开盒子，看到里面有一只保温杯、一包干梨花、一张银行卡，还有奶奶写的一封信。信中写道：

保温杯是你爷爷打算给你泡梨花茶用来着。你拿着留个念想吧，那包梨花茶是他晾的。你从小就爱上火，他知道你工作忙，怕你上火，所以每年都会给你晾一些备着。那张银行卡是你爷爷的退休金，我们就你一个孙女，你爷爷说等不到你结婚了，这些钱留着你结婚的时候添嫁妆吧。傻孩子，别难过，生老病死，人之常情，好好照顾自己……

我哭着看完这封信，后悔之前一直说“忙”“最近没时间”“下次再回去看你”之类的蠢话。我小时候曾对爷爷说，长大孝顺他。可如今，我长大了，也有能力孝顺了，却总以各种“分身乏术”的借口一次次地“食言”。

我戴上耳机，把音乐声音放大，一遍遍地听着韩红唱的《梨花又开放》，哭湿了剩下的半程。

爷爷，今年的梨花又开了，我跟着奶奶学会了自己晾梨花，每当想你的时候，都会给自己泡上一杯梨花茶。可在开满梨花的树下，再也没有“我们”。

我们总以为来日方长，想见则见，却不知人生来去匆匆，根本没那么多来日方长。唉，时间不等人，别让孝心留有遗憾。

作者云村 ID

你为荣光

歌曲 ▸ 烟花易冷

演唱▼周杰伦
作词▼方文山
作曲▼周杰伦

盼，一个永恒

苏梓柒

在很多人印象里，《烟花易冷》是一首情歌。可于我而言，它别有一番寓意……

二〇一七年十月八日，姥姥得重症的消息，袭击了刚刚结束一个长假的我。

打我记事起，她老人家就是病恹恹的，每天都待在县城那个一百平米的房子里，很少到外面走走看看。那一方天地，交集着我的童年和她的暮年。十二岁那年，我随着爸妈从县城搬到了省城。每逢周末，我们总会花上近三个小时，回去看她。回姥姥家，是那段日子里我最美的期待。

可八日那天，我的期待却变得心急如焚，连老天都为我打上忧郁的底色。

阴云缓缓聚拢，压在头顶，任谁都很难开朗。我随着妈妈赶上最早的一班车，用大人哄骗小孩的方式，哄骗这时的自己：一切都还来得及。车上的时间仿佛被什么黏滞住了，哪怕车子以每小时一百公里的速度疾驰，也无法帮它挣脱。我看了四五次手机上的时间，都是同一个时刻，分钟不差。当一个人完全陷入恐惧、焦虑、不安的时候，除了关注的那件事本身，其他一切没了动力。身体瘫在座椅上，像吝惜着一丝一毫的能量损耗。我点开随机推荐的歌单，没像往日一样精挑细选，就听了起来。一首首歌在耳中流淌，一次次地试着疏通阻滞时间的黏稠物，却均以失败告终。

妈妈坐在我旁边，同样神情恍惚。可是除了等待，我们无能为力。等待什么呢？二人都有预感，却不敢说出那个答案。

耳中正播着一段哀伤的前奏，歌名不知，却很应景。我呆呆地看着车窗外，瞥见妈妈急促地接起电话。她具体说什么，我没听清，只见她挂掉电话后失了魂一般，又瞬间红了眼眶。

该来的还是来了，哪怕不想面对。可人啊，终究敌不过无情的时间和遥远的距离。

雨纷纷，旧故里草木深。我听闻，你始终一个人……

伤感的曲调，配上哀婉的歌词，更易催人泪下。我撕下伪装的坚强，索性在车上痛痛快快地哭了一场。

十月，北方已经入秋，天凉了。细腻的冷风钻进窗缝，轻轻地吹过我记忆中的角落，微微拂动那些曾送给姥姥的承诺：等我考上大学，等我买了大房子，接她一起去住；给姥姥买一个房车，带着她看尽世界美景……姥姥自知身体不好，可她每次见到我，都说："为了你，姥姥会坚持下去的。"我记住了她的话，也在努力快快长大，想追上她变老的脚步。奈何大梦一场，醒时皆空。

赶到小城时，我看见姥姥睡熟了一般安静，也宁愿相信姥姥只是累了，打个盹后坐起身，又是精神百倍。可她冰凉的手告诉我，不可能了。亲戚说，姥姥等了很久，最后还努力地睁开眼，看了看周围。那时，我舅舅安慰她："外孙在路上，还没到啊。"她长叹了一口气，合了眼，眼角划过一滴泪，最后一丝生气不在了。所有人都知道，姥姥在等我，挣扎了好久。那天，我哭得近乎昏厥，做梦都在和姥姥告别。"梦偏冷辗转一生……"好像，这首歌也在幽幽回荡。醒来发现，枕巾湿透。

第二天，送姥姥走。外面小雨纷飞，凉气袭人。火化炉里，橘黄色的火光瞬间吞没了这个陪伴我长大的人，连同所有的誓言和约定一并焚化。

那一刻，我任泪水肆意横流，硬生生地跪倒在地，重叩三下，送姥姥去下一场轮回。歌里唱"石板上回荡的是再等"，可等什么呢？还在等当初的约定吗？可这世间，只有一人在守的约又有什么意义？

即使无意义，我也会固执地等，等下一场轮回，或许还能与姥姥续缘。

《烟花易冷》被人普遍认为在唱爱情。那我的这份执念，也算我和姥姥的爱吧。它在"我最喜欢的歌曲"的歌单中分量最重，听的次数最多。我总会在夜晚听这歌，因为只有这时，思绪才较为放肆，我才会那么那么热切地思念姥姥。它就像一把钥匙，开了童年的闸，让一切回忆纵情奔涌，让我每每听时都簌簌落泪。

不知道另一个世界的您会不会想起，那草木青葱的旧故里；还会不会想起，我们曾经的约定？只愿，“千年后，累世情深”，我在等，而您也在等。

烟花易冷，但我愿盼一个永恒。

作者云村 ID

苏梓染同学

歌曲▶一荤一素

词曲▼毛不易

演唱▼毛不易

母爱的痕迹

沐遥

一个身影从容地忙忙碌碌，一双手让这时光有了温度……

那晚，我彻夜未眠。耳机里反复播放的《一荤一素》，再次唤醒我尘封已久的记忆。我的脑海顷刻清空，又被母亲的点点滴滴蓄满。

母亲特别喜欢花，家里的阳台都种满了花。那些花儿开得别样灿烂，让人赏心悦目。这要归功于母亲每天的精心打理。在我小时候，每个阳光明媚的午后，母亲常会在阳台上织毛衣，我总是搬个凳子坐在她身旁，缠着她问这问那："妈妈，那是什么花？""妈，你看这朵花好像一只蝴蝶啊！"母亲从不会嫌我打扰她，倒是很乐意回答，满足我稚嫩的好奇心。

曾记得，第一次与母亲的久别便是她生病住院的那段日子。日日夜夜，我只能通过电话与母亲维持联系，唯有她的声音能治愈我的忐忑，又给我以希望。我每天早晨醒来的第一件事，就是期盼她早点回来。出院那天，她刚一踏进家门，我就愣住了。如此消瘦的母亲我从未见过，呆呆地站在原地，迟迟没有上前迎接，泪水在眼里不停地打转。母亲温柔地唤我的名字，刹那间，我泪崩了。

"傻孩子，别哭。妈这不是回来了吗？应该高兴。"母亲安慰我，一边替我擦泪，一边自己落泪。

"妈，我好想你！"话到嘴边，却说不出口，每次都被超载的悲痛死死地挡着。如母亲所说，她平安归来是喜事，要高兴才对。虽然眼泪根本不听使唤，但为了不让大病初愈的母亲伤心又伤身，我只好边哭边笑，把母亲逗得破涕为笑。

最怀念的还有母亲煮的饭菜，每晚三菜一汤，有荤有素。虽谈不上人间美味，但母亲的饭菜是最奢侈的佳肴，因为里面有母爱的味道。记忆中，母亲总说"多吃点"，还不住地往我碗里夹菜。若是哪道菜合我胃口了，她几乎就不会再吃上一口。可我那时还体会不到她的良苦用心，反而会不耐烦地说："够了够了，都满了。"

"你现在这个年纪正在长身体，要多吃一点，不能挑食。"这句话听得耳朵都快生茧子了，我不乐意，却不得不言听计从。如今茧子消了，我才真的不乐意。

母亲回家后，我每天醒来的第一件事就变成祝她永远平安，再尽可能地珍惜和她相处的每时每刻，可让我心惊胆战的那一天最终还是来了。六年前，母亲因病去世，永远离开了这个世界。她走后，家里的一切都变得冷冷清清。偌大的屋子没有了她忙前忙后的身影，显得空荡荡的。阳台的花儿少了她的打理，没过多久都纷纷凋谢了。

每天上学前，我都会习惯性地与母亲道别，可从那一刻起，我的生活发生了翻天覆地的变化。我想到以后出门时再也听不到她的嘱咐，就会黯然泪下。我好想她，不论说得多大声，她都再也听不见了。是的，她一定听不见的，不然我怎么还没得到她的回应？

有一堂周会课印象最深，课上，老师提问："大家都说说，母亲节准备送给妈妈什么礼物？"同学们都纷纷举手示意，依次回答：

"送给母亲一束鲜花。"

"给母亲捶背，洗脚。"

"为母亲做一道拿手菜！"

……

那时，我只能静静地缩在角落里，逃避着这个话题。那一节课过得非常慢，慢到分分钟都令我倍感煎熬。若是母亲还在世，我也可以和其他同学一样，说出自己心中最引以为傲的答案。但这不过是白日梦罢了，如此一想，心里空落落的。

随着年龄的增长，我也慢慢地学会了释怀。母亲以前有记日记的习惯，她曾在日记中写道："我很想让你们永远惦记我这个不负责任的妈妈，但又怕你们想我想得太过分，把小小的心都给想痛了。你们还是不要把妈妈想念，尽情过着你们应该有的无忧无虑的快乐童年。"这些年来，无论我多么想念她，她从没有一次来过我的梦里。

也许我在这首歌中找到了那个令我疑惑许久的答案。

一定是你来时太小心，怕我再想起你。

母爱似海深，母亲会把最深的爱，毫无保留地留给我们。然而，我们总是习以为常地忽视，直到失去才知珍惜。正如这首歌唱的，母爱无处不在，不论她在，还是不在。

作者云村 ID
予圆女孩

歌曲：马马嘟嘟骑

演唱：斯斯与帆 | 作词：徐泽鹏 | 作曲：罗继南

INTERLUDE

会再见面的，是的

加加加

二〇一九年夏天，我听到斯斯与帆唱起《马马嘟嘟骑》的时候，眼泪瞬间就模糊了双眼。我一下子就想起了我的外婆，潮汕话称为“阿嫲”。说实话，我现在对阿嫲的记忆只剩下一些七零八落的片段，但我每次想起这些，鼻子都会酸，因为那一辈子的遗憾。

阿嫲是个很可爱的人，有着矮胖的身材，微卷的银短发，一笑起来，眼睛会眯成两条缝，嘴里露出一颗门牙。每次看到她，我都忍不住抱住她这个无牙老姆（没有牙齿的老阿姨）。小时候每次去阿嫲家，快要到门口的时候，我就会喊过去：“嫲嫲嫲开门，嫲嫲嫲。”通常我都要喊上好几遍，才能听到阿嫲的“加加加，来啦”。随后便能看到，她慢慢地从楼上走下来给我开门，笑着把我迎进去。

我的阿嫲也很酷。那时候放暑假，我总会去她那里住上几天，但老房子的缺点是蟑螂多且大。那一个个“小强”，外壳看起来黑又亮。

它们常常把我从长椅上吓得跳起来。而阿嬷一脸淡定，往前走上一步，慢悠悠地看准它们的逃跑路线，手速极快地一抓，然后只听见清脆的“咔吱”一声……那一幕深深地震撼了我，我至今也无法忘怀她那种霸气。

遥想以前，每次问起我妈，我是从哪里来的，她都会说我是在阿嬷家楼下的垃圾桶里捡来的。我上初中后，我妈才说，她怀了我，在犹豫要与不要时，阿嬷怎么说都不让她去医院打掉那时还是胚胎的我。我能出生在这个世界，要感谢阿嬷的坚决。

然而，她的坚决时而也带有欺骗性，我对此感到痛惜。比如明明她生病住院，却在电话里假装在天台种花累得气喘吁吁；明明虚弱不堪，却装作语气轻松地让我好好念书；明明已经到了无法挽回的地步，却瞒着我，不让我去医院看她，怕我沾了晦气。

直到她临终的前一晚，我才在 ICU（重症监护室）看到她。我脑袋一片空白，不知道自己是怎么挪到她病床前的。看到那蜡黄细瘦的手，我惊住了，一时认不出那是我从小牵到大的手。往上看是她毫无血色的脸，突出的颧骨，紧闭的双眼。我不知道她能不能听到我的啜泣声，也不知道她是否知道我来了。舅舅让我别哭，可我哭得更厉害，再也看不下去了。逃出病房后，我在走廊里呆呆地站着，隔着那道墙陪她很久。

第二天早上，阿嬷去世了。我倍感遗憾，很多事情都还没来得及和她一起做，就被她连哄带骗地瞒到了这辈子的最后一面。后来，我有所释怀，想到阿嬷不过是在以她的方式爱着我。我把阿嬷笑得最美的一张豁牙照放在枕头边，每晚都感受着她近在身边的亲切。她在的时候，我很少和她见面，却从未这般想念她。慢慢地，我知道了，天各一方和阴阳两隔是两码事。

工作后，我也一直揣着她的照片，但没那么容易掉眼泪了，因为我相信我们在将来一定会再相见，我也只能这样相信着。

写到这里，我已把《马马嘟嘟骑》循环了很多很多遍。我关掉音乐，耳畔又响起祖孙两人那最熟悉的对话。

“嫲嫲嫲开门，嫲嫲嫲。”

“加加加，来啦！”

作者云村 ID
AGaGaGa–

歌曲 ▸ 阿姐鼓

演唱 ▼ 朱哲琴
作词 ▼ 何训田 何训友
作曲 ▼ 何训田

鼓面上的白莲

觅渡

耳朵里住进了这个时代的鼓声，阵阵模糊，不时“咚咚咚”地敲响，附着于耳根，开出雪域高原的一朵白莲，洁白透亮，不染尘埃。

窗外那片空旷的雪域，是阿姐常常望向的远方。我的阿姐从小不会说话，却总听邻里称赞她清纯的外表，温柔的眼眸，还有一向的沉默和顺从。

大多时候，阿姐喜欢一个人守在窗前，看远方的雪山，静守一份执念。我常会拽着她的胳膊，要她陪我钻进纷纷扬扬的大雪中。那雪打着旋儿落下来，斜着钻进衣领，凉得我不禁一哆嗦，握紧手心的温暖。我们还约好，到我十岁生日那天，她要带我去山顶看一场真正意义上的大雪。可后来，连最可靠的阿姐都“食言”了。

我清楚地记得那一日，北风凄凄，冬日和煦的阳光陡然退去，团团乌云聚集在雪域之上。积云从正中央漩涡似的扩散开来，覆压百里。那个守在窗前的影子不知何时消失了。

那时，我挤在朝圣的人潮中，探着小小的脑袋，拼了命地向前伸出慌张的小手，试图拨开拥挤的人群。无奈人流太大，步子太小，我终是没寻着阿姐。

我从小没有玩伴，阿姐是我童年的全部。阿姐爱穿白色的衣服，笑靥如花，她看我的眼神总是温柔又明亮。我经常找她说话，拉着她的胳膊向她道一道一天的所见所闻，尽管得不到一词一句的回复。

“阿姐，我今天看见阿妈去收青稞啦，马上就可以酿青稞酒了！”

“阿姐你看见没，山上又飘雪了呢，别忘了我们的约定！”

“阿姐，我什么时候才能长大啊？”

……

我一直期待着她陪我去山顶看雪的那一天。可是，阿姐的突然离开，给我原本平淡且快乐的生活平添了一份忧思。

我颤颤巍巍地爬上阿姐的桌案，学着阿姐的样子眺望远方。窗外的冬阳普照大地，通向雪域的路上，是络绎不绝的朝圣者。他们走啊走啊，不停地走，代代绵延。“咚咚咚！咚咚咚！”鼓声响起，在那路上不住地响着。

斗转星移，又是几度春秋。我终于长到了阿姐那么大，却始终没有盼回阿姐，只有悠长的鼓声时常在耳畔萦绕。我只好一人踏上前往雪山的路，从山脚踏出的第一步起，脚底就伴随着“嘎吱”声响。每一步都印上了一个深深的脚印，无比坚定。

我跪在山顶的祭坛前，抬眼对上神像的眸子。那一刻，我仿佛被他透视了灵魂，思念之情伴随着远方的鼓声涌上心头。

突然，我想起玛尼堆前的老人曾说的六字箴言：“唵嘛呢叭咪吽。”它和悠长的鼓声合而为一，迸发出奋进的力量，方才让人知晓：双眼目睹了世事变迁，却不应为过去所拘泥。

那位老人还说，千百年前，面对“白骨蔽野，百无一存”的惨境，那些苦难中的人们匍匐在神灵的脚下，想要借助少女纯洁的灵魂去慰藉神灵，以此祈求风调雨顺，生生不息。臣民祷告，向天祈福。一面代表阿姐的鼓被反复敲响。

空旷的雪域上，一定有阿姐一步步走出的脚印，如她的心灵一样纯洁。在她的眼眸中，一定还留存着最后的清澈与明朗。

天边传来阵阵鼓声，那是阿姐对我说的话。虽人来人往，悲欢离合，但朝圣路上的人流始终绵延不绝。他们把希望、美好和理想都寄托于此，我和阿姐也该如此。

“咚咚咚！”鼓声连连响起，美得动人，美得让人心碎，那是阿姐留给我的祝福。我孤身一人站在雪山之巅，看雪打着旋儿落下来，扑向眼角，化成了水。

鼓声悠长，勾魂摄魄，如同亘古的叹息。

作者云村 ID
Hey 津津

歌曲▸说唱脸谱

作曲▾姚明
作词▾阎肃
演唱▾谢津

遗　憾

落堤花眠

蓝脸的窦尔墩盗御马，红脸的关公战长沙……

《说唱脸谱》是我学会的第一首戏歌，因为其中的戏曲唱段而去学。我想学来唱给爷爷听，学成却未唱成，是我的人生中的一笔遗憾。

妈妈在家时，总以不能影响学习为由，拒绝我任何打开电视的请求。我便以陪爷爷和奶奶为借口，一次又一次地去蹭他们家的电视。只要爷爷在家，电视里总是雷打不动的戏曲频道。他跟着电视里的声音，摇头晃脑“咿呀咿呀”地哼着，我却完全听不懂，觉得戏曲很是难听。我想看偶像剧，他想看戏曲，我们总免不了一场遥控器抢夺战。不幸的是，每次都是我落败。

“我是小孩子，你都不能让着我吗？”我大喊。

“我是老人，你要让着我。”他一脸委屈地看着我。

好吧，我抢不过你。你赢了，你听你的戏曲吧。我气呼呼地坐在一旁。他却在听戏曲时坐着，头一晃，又一晃，便睡着了，还打起呼噜，声音都盖过了戏曲声。我悄悄地走到他身旁，抽出他手中的遥控器，高兴地想：“遥控器是我的了。”

“嗯？谁换台了，我的戏曲呢？”频道一换，他立马就清醒。

“你都睡着了，我要看电视剧。”我说。

“我睡了吗？我没睡，我又没老，怎么可能坐着就能睡着？”他不服道。

真是不可理喻。我一定会等你出去打麻将的时候，把遥控器藏起来！

可是下次再去时，他不再与我抢遥控器了，因为他被困在了轮椅上。他说，他要在庭院里晒暖，遥控器归我。我在屋内，隔着窗户看他，阳光照在他的半边肩上，头顶的白发也被照得发亮，似乎比我上个月来时又多了些。他就这样安静地坐在轮椅里，在阳光下打着盹。一个小小的轮椅将他困在了家中，以前的他每天都要外出逛逛，与他的老友们打打麻将，遛遛弯，有时甚至骑着他的老式自行车到邻近的县城，说是“强身健体”。所以，他又怎么会甘心待在这个小小的院子里？不能出门，他一定很难过。

“爷爷，”我唤他，“我要学一首歌，里面有戏曲。等我学会了，我唱给你听。”

“你能唱什么戏曲，肯定难听。”他一脸嫌弃道。

“你又没听过，我唱得可好听了。”

“哼，那你好好学，到时候我就勉为其难听听。”

他好像变得比未生病前更“幼稚”。由于高中住校，我往往要一个月才能回家一趟。有一次，我来到他们家敲门，就听到爷爷叫奶奶：“快去开门，肯定是咱们孙女回来了。”等我进去，他却把头扭到一边，发出“哼”的一声。我唤他，他不应。奶奶在一旁笑道：“你爷爷又耍小孩子脾气呢，前几天就数着日子，想着你该放假了，还一直念叨着你怎么还不来看他。”爷爷偷瞄我一眼，说才没念叨我。我有点想笑，却憋了回去，说：“是是！你没念叨我，是我想你了。我们这次放假晚，你看我给你买的好吃的，用来给你赔罪好不好？”

“这还差不多！”他偷偷发笑，真的越来越像个老小孩。

等回到学校，我才想起，又忘记给爷爷唱歌了，心想下次可不能再忘了。可是人生总爱开玩笑，总会悄悄地偷走我们以为还有很多的“下一次”。

再次到爷爷家，看到的却只有一张黑白照片。照片中的老人笑着，那是爷爷，可我觉得很陌生。奶奶说，那天早上怎么叫他都叫不醒，他就那样安安静静地走了。我问，怎么不叫我回来？奶奶说，怕影响我高考，和我爸妈商量了一下，就决定不告诉我了。我以为我会像电视剧里那样，对他们大哭大闹，质问他们学习有那么重要吗？重要到我连知道爷爷去世的权利都没了？而现实中，我只是淡淡地应了一声，没有情绪失控，还在心里安慰自己，他们都是为了我好。可是他们不知道，这成了我人生中最大的遗憾。它像一块缺口，任凭我怎么补都无济于事。并且，它会在我的生命中被风和水日侵夜蚀，越豁越大。

随之而来的是另一个遗憾——我未能将学到的这首歌唱给爷爷听。此后，这首歌，我再也没唱过。

作者云村 ID
落堤花眠

歌曲 ▸ 有没有一首歌会让你想起我

演唱 ▾ 周华健
作词 ▾ 李宗盛 李焯雄
作曲 ▾ 周传雄

那首歌，那个人

三色毛

一九九九年，澳门回归的那一年，我在县里上高一。那时，手机还没在校园里流行，大家主要依赖电视和收音机获取娱乐信息。教室里虽配备了电视，但只能在周末打开，而且还限定播放《三星智力快车》和各种科教纪录片。所以，收音机就成了大家的爱物。

同桌王静就有一台收音机，总在午休或者晚自习前拿出来听，也时常分一个耳机给我，带我这个只知道闷头学习的书呆子进入一个全新的世界。是的，托她的福，我知道了世界上除了被气死的周瑜外，还有会唱歌的周华健、吐字不清的周杰伦等。

那个时候，我尤其钟爱周华健的歌，《花心》和《朋友》都听了不下百遍，歌词也抄录了好几次。不过，最喜欢的是后来的一首歌《有没有一首歌会让你想起我》。那时的喜欢，仅限于那个曲调，哼着唱特别有感觉。

王静和我性格不同，处事方法也不同，甚至对诸多问题的观点都和我相左，不过我们难得都喜欢这首歌。不管是在食堂吃饭，还是在周末压马路，我们常常走着走着，就哼起来了：

有没有那么一首歌，会让你轻轻跟着和，牵动我们共同过去，记忆它不会沉默……

最后一个词总会被我即兴发挥，她从不介意，只是在拉拉扯扯中对我一笑。

高二文理分班后，她在一班，我在七班，一个在一楼，另一个在二楼，见面可不是侧脸一瞥那么简单了。不过一有空闲，她就来找我。我们坐在一起，安静地听收音机，开心地聊聊歌，任那高中岁月或快或慢地掠过。

我相信，每个人的高中岁月都相似。学习成了唯一，其他心声会变得异常微弱，其他感受也会变得不值一提。然而，我们貌似都心甘情愿。学习，白天学，晚上也学。学校严令禁止学生夜宿教室，却不妨碍我们拿着手电筒在被窝里偷偷看书。没人知道谁到底有多么用功，大概唯有窗口的月亮在打发寂寞时，静静地看着那些夜半苦读的学子，才心中有数。

我很感激王静给我单调而无趣的高中岁月注入了旋律和欢乐，让备考带给我的疲惫不再那么难挨。有多少次，我感到快把自己葬送在书堆中时，却迎来一缕清风和一束光亮，让我得以喘息和振作。抬头一看，她来了，拿着收音机，站在门口。

高考前，王静扯着柳条来找我，说是折柳送别。不记得自己说了什么，不过不管说什么，估计那些话都像冰块一样，让她透心凉。

那次送别后，我们的日常相处，变化不大，我还是和她一起听收音机，只是更愿把注意力放在书本上。她兴致勃勃地说着趣事，我却应付几句，敷衍了事。她看我这般态度，大概也失望了吧，后来找我的次数明显变少了。

六月的那道分水岭，惨淡了太多人的记忆，也分割了太多人的相知相许。我发挥一般，考上一所省内的二本学校；王静发挥失常，选择了复读。我们虽相距更远了，但托书信的福，关系微微修复些许，可终究敌不过越来越少的生活交集，而趋于平淡。从琐碎的信息中，我得知她后来考上了一所不错的本科，毕业后在城里工作。我考研成功，去了外省，和她的联系彻底中断。

研究生毕业后，我杀回这座城市，心知她一直在这里，暗暗期待着能够见上一面。话说人与人的缘分也真怪，在千里之外都能街角遇友人，却在这巴掌大的城市见不到心有所系的故知。也许是缘浅吧，现在，我们甚至连问候一句“好久不见，你现在还好吗”的机会都没有。

翻看高中的毕业纪念影集，我们在不同的册页上，却有着同样灿烂的笑脸。我很想问她一句：“有没有那么一首歌，会让你心里记着我？”

回答自己的，只有雨打窗棂的声响。

作者云村 ID
三毛猫和白一犬

碟 II

嗯！

领悟 是心灵开出的花朵，散发着
和解 与 蜕变 的芬芳……

歌曲 ▸ 你是人间四月天

演唱▼邵帅
词曲▼邵帅

你是人间四月天

四月天

你是一树一树的花开，
是燕在梁间呢喃，
——你是爱，是暖，是希望，你是人间四月天！

——林徽因

“今年有一个闰四月，天气的变化会较往年慢一些。”母亲一边摩挲着自己的胳膊，一边自言自语道。天气也许会因闰月而变化缓慢，但时间不会因任何事而放缓脚步。

人们常说人生如戏。可我总觉得，生活与艺术作品还是有着些许区别，或者说戏剧性的故事仅存在银幕之上。直到一年前，我才发现是我错了。

那时，我还是一个刚刚转正的小白领，这使我无比喜悦，因为公司残酷的竞争环境以及严苛的晋升制度让新人转正难上加难。如愿以偿后，我经历了无数次加班和出差，在休息日还要不停地学习相关业务知识，真真切切地感受到了：成年人的世界里从来都没有“容易”二字。但在工作上，无论遇到什么问题，我都可以找到解决办法。不容易，就得拼，别无他法。然而在生活中，有些问题我却无法解决。我从未被工作打倒，却轻易被生活打败。

那是一个炎热的午后，吹进来的风都是火辣辣的。我在做 PPT（幻灯片），突然接到电话，得知母亲在家中摔倒的消息。对别人来说，摔倒可能不是大事，可对母亲来说，那像是要了她的命一样。之前，母亲曾罹患突发性脑出血，经抢救治疗后捡回了一条命，却落下了偏瘫，导致一侧身体不能动。她这次侧摔的是患侧，由于骨质脆弱，大腿骨不幸骨折，需要做手术。不幸中的万幸是，母亲活着。

伤筋动骨一百天，母亲再一次卧床了。而这一摔，仿佛将母亲的全部希望通通摔碎，她心态跌至谷底，常常偷偷落泪。时至今日，我还清楚地记得，母亲出事后见到我时，说：“看到你来了，我很心安。”那一瞬间，我便有了辞职的想法，因为她需要我。

人在一生中会有许多重大抉择，如果说填高考志愿是第一次，那么这一定是我的第二次。我辞掉的这份工作，是我走出校园、踏入社会的第一份工作。对我来说，“热爱”是我能想到的、最适合形容它的词汇，它就像是爱人一般。人生最为难得的是相看两不厌，我想大概就是这种感觉吧。我离开单位前，很是沮丧。领导见了，对我说：“既然选择放弃，就要选择接受。”是啊，我们活着就必须接受生活赋予我们的责任，随着年龄的增长，所担负的责任也越来越多。我们乐意接受生活带给我们的幸福，就不能拒绝它强加给我们的磨难。

后来，母亲有一段时间非常消极。我常常跟她开玩笑，逗她开心。有一次，我问她："妈妈，你有没有一点点喜欢我呀？"母亲答道："何止是喜欢，你是我的全部希望！"好好的玩笑话被她说成了动情话。我不知该如何接话，便走出房间，偷偷哽咽。没错，我是母亲的全部希望，而他是我的全部希望。心痛的是，我却将自己的希望亲手推开了。母亲出院后，我选择和他分手。朋友很是不解，甚至责怪我，可是只有我知道，照顾母亲的日子可能是遥遥无期的啊。母亲无法自理，我不能离开她。有人说："看不到的未来不可怕，看得到的未来才可怕。"所以我不想他活在担惊受怕中。也许是我太自私，不愿让他和我一起承担这份责任。我自私地以为只要我放弃了他，他就一定会比跟我在一起过得好。

失去联系后，唯一能获取他动态的方式就是看他的微博。我看到他分享了《你是人间四月天》这首歌，定位了我家的住址，便知他来过了。听着歌，眼泪不停地流下来。我害怕母亲听到我的哭声，拼命地捂住自己的嘴，尽力将眼泪和情绪憋回去，却无能为力。

愿你在我看不到的地方安然无恙……

我想，这既是他对我的祝福，亦是我对他的祝福。

我是母亲的四月天，“愿你的明天不再经历雨打风霜”；他则是我的四月天，“愿你的未来永远热泪盈眶”，那种喜极而泣的“热泪盈眶”。

愿一切安好，四月天。

作者云村 ID

店不动

歌曲 ▸ 放你在心里

词曲 ▾ 陈佳明

演唱 ▾ 许美静

放你在心里

橘十三

从大理返回北京的飞机上，百穗笑着跟我说，今年的听歌总结肯定有：“7 月 25 日，一定是个特殊的日子，你把许美静的《放你在心里》反复听了 99 遍，这首歌应该和你有着特别的故事。”

认识百穗的时候，她刚准备开启一段从学生时代一路走来的婚姻。

二〇一八年，我在一家小有名气的影楼当兼职化妆师，专门给来拍婚纱照的准新娘化妆。百穗在网上订了一个六千多元的结婚照套餐，三月的一天下午，她来试装，我做的接待。

往常试装的时候，大部分都是准新郎陪着女士过来，也有父母或三两闺蜜陪同来的。百穗让我觉得很特别，她是独自来的。从她的神情中，我看不出有多少新人婚前常有的喜悦，反倒看出了忙碌和慌张。

在摄影棚门口换鞋的时候，她一直在接听电话，从话语中可以听出来，这个婚礼很仓促。她一直在敲某个酒店的档期，但是那个酒店好像已经被订满了。

百穗说话直接，不拐弯抹角。我给她介绍了几款不错的婚纱，却都被她拒绝了。挂在她嘴边的话是：喜欢就是喜欢，不喜欢的，再好我也不喜欢。可以看出来，她是一个很有主见的姑娘。

我看到她左手无名指上的璀璨钻戒，看过去有一克拉以上，我特意夸了几句。

没想到她面无表情地看着我，然后举起戴着钻戒的手，说："这是假的，在网上花三百块钱买的。"顿时，我不知道该说什么，只是打趣了一句："一般真的都放家里了，假的丢了也不心疼。"

百穗的五官标致，身材很好，除了小腹微微隆起。她整体在我看来，基本可以给满分。套餐里有五套衣服，百穗却只挑了两套，说她已有五个月身孕了，不适合拍太久，两套足矣。

得知她怀孕了，我赶紧让她坐下来休息，给她倒了杯水，说："你怎么一点也不显怀，完全看不出来你怀孕了。"

谈到肚子里的孩子，她终于露出笑容，两个梨涡深深地印在脸上。那一刻，这个女人真的很美。

她一口气把水全喝光了，然后把杯子递给我，说："其实婚纱照拍一张就好了，但是只拍一张又觉得可惜，总觉得别人有的，自己也该要有。所以，不是给自己拍的，而是给别人。"

浮华社会，这么赤裸裸地说出心声的姑娘真不多，如此真实，我已被她深深地吸引了。

她走之前，我们加了微信。后来我们发现，彼此有着很多相同的爱好，比如都爱听许美静，都爱旅行，都爱喝酒。也许是年龄相仿，或都独立、成熟的缘故，我们渐渐成了亲密无间的朋友。

到五月时，百穗已怀孕七个月，辞去了让她疲惫不堪的工作。我陪她一起去台湾旅行，到高雄拍雨后的彩虹，骑着摩托等海边的夕阳，耳机里播放着许美静的歌。她靠在我身后告诉我，她不会有婚礼了，那也是她第一次跟我提起孩子的父亲。

我说："如果很累的话，可以等孩子生下来后，你们再补办婚礼。"

她说："我这辈子都没想过，我的婚姻是因为一个孩子而得来的。我一直想嫁给爱情，到头来发现，我嫁给了自己。"

百穗的老公叫大宽，他俩是校友，大三的时候开始交往。毕业后，百穗来到大宽生活的城市工作。这一来就是八年，从二十二岁到三十岁。这期间，有过很多次歇斯底里的争吵，百穗都妥协了，因为她没有退路，因为她爱着大宽。

百穗五岁的时候失去了母亲，她母亲丧生于一场车祸，从此她跟着重男轻女的父亲一起生活。父亲嗜赌如命，把她扔在邻居家寄养长大。直到十二岁那年，她开始了住校生活，就这样一直到大学毕业。

遇到大宽后，百穗一直幻想着和大宽结婚。但是一年又一年，始终没有等到大宽的求婚，却等来了一个又一个大宽的孩子。现在她怀的是百穗和大宽的第三个孩子，她想要留下来。

未婚先孕，大宽的父母觉得丢人，说服百穗取消了婚礼，百穗再次妥协了。

七月底的一个深夜，百穗早产，生下了一个女儿，她给她取名叫“七月”。孩子没有人带，她只能暂时放弃自己的事业，陪着女儿安静地度过了一年的生活。这一年，她没有发过一条朋友圈动态。

二〇一九年七月，百穗给我发微信，说她是一个第六感特别强的人，大宽口中的“妹妹”最终成了婚姻的第三者。

百穗和大宽很快就离了婚。她什么都没要，一个人拖着一个不大的行李箱，搬到了我的出租屋。那天晚上，我陪她一起骂着负心汉，一起抱头痛哭，喝到烂醉，手机里一直放着许美静的歌。

第二天的旅行，是我俩前一晚喝多了之后的决定。我们迷迷糊糊时买好了北京直飞大理的机票。在飞机上，我们抱着同一个塑料袋，醒了吐，吐了睡，就这样晕乎乎地到了大理。

出机场的时候，她叫了一辆顺风车。点开司机的头像，她说这人有点像大宽，我说明明像高晓松。

我们订了一家面朝洱海的民宿，吃过晚饭后，她接了一个电话，说那个司机约她去古城夜市。

幸福的人，一晚只需一场美梦；而痛苦的人，一晚需要多场梦来填满，试了才知是美梦，还是噩梦。

那晚，我给百穗化了一个十八岁的妆，这个“大宽”骑着摩托车来接她。看她坐上摩托远去的背影，想起她当初走来时的那一身微光，似乎每一步都不留余地。若此去不返，那就活个喜欢吧。

一生把你放在心里头，尽管未必能够长相厮守，只要偶尔深夜想起有你，会有一丝微微的酒意……

作者云村 ID

橘十三13

歌曲 ▶ 领悟

词曲 ▼ 李宗盛
演唱 ▼ 辛晓琪

我以为我忘了

皮杰伦

一场疫情，把全国各地的人都关在了一扇扇门里。直到三月底，疫情得以控制，每扇门才逐渐开启。出门前，我已足不出户整整两个月了。那天，我开着我爸的别克出去练车。空旷的街道，零星的路人，让拿到驾照不过半年的我顿生一股飙车的兴奋感。

我驾车驰骋在宽敞的大道上，放着歌，略降下车窗，吹着微凉的风，好不惬意。

我以为我会哭，但是我没有，我只是怔怔望着你的脚步，给你我最后的祝福……

突然这么一首歌，让我没由来地点了下刹车。咦！我手机里怎么会有这首歌？极熟的朋友才知道这首《领悟》是我的禁歌。为什么？

因为那个快十年没联系过的他。

他，我的初恋，我们始于高中时的懵懂，历经大学时的异地坚守，止于成人后的背叛……那四五年的时光，就像老电影一样在脑海中以三十二倍速唰唰地飞过。那如沐春风的阳光笑脸，那相濡以沫的甜蜜玩闹，那表里不一的矛盾说辞，那黯然神伤的落寞表情……想着想着，我不禁扬起嘴角，自嘲般地摇头苦笑起来。好久没有想起来了吧？是谁说过，那些曾让你哭过的事情总有一天会笑着说出来？

过去了，就都不重要了。可我什么时候启动了车，这会儿又开到了他家楼下？

啊！多么痛的领悟，你曾是我的全部……

耳畔的歌词，字字珠玑。我鬼使神差地拿起手机，点开微信，通过了他前几天加我好友的请求。他秒发了一句“哟！稀奇，第一次见你同意”。我拍了一张他家楼下的照片发过去。他说他过年没回家，而在上海陪他父母。他还说了很多，但我都没有听进去。我只是静静地一边听着歌，一边目光呆滞地望着那个不知来过多少次的路口。

想起有一年春节，我去他家里玩。他背着我上楼梯，背到三楼就气喘吁吁了，却不肯放我下来，还打趣说要锻炼一下，不然结婚时背不动我，可就丢人了……又一年春节，那是我此前最后一次来到这个路口。他父母都留在上海，只有他一个人回老家过年。那时我们闹别扭，我不理他，而距离我们城镇三四百公里的一个女孩却不辞辛苦地过来陪他过除夕……思绪回到眼前，路口还是这个路口，疫情之下却空无一人，如此荒凉，我一时竟百感交集起来。

其实，大多数人心里都有一个特殊的人，可能是初恋，可能是某一任，还可能是旅行散心时邂逅的某某。

失恋后，我换了个非主流的个性签名：“心里有座坟，葬着未亡人。”如今，岁月流逝，青春不再，痛和恨大抵都慢慢释怀了，但那个疤还在，只是不会疼了。

驱车到家，不一会儿，我就和我弟打成了一片，看来刚才的插曲对我并没有影响。晚上洗完澡躺在床上玩手机，突然收到他发来的微信。夜深人静的时候总会比白天多了那么一点感性，我便和他聊了起来。分手后的这些年，我都没有他的微信，即使他顽固地加过几次，我也视而不见。

今晚这么一聊，我像是很久没有喝水的人突然看到了一汪清泉，有种忍不住想冲过去却使不上力气的感觉。打字聊得不过瘾，我们就打起了语音通话。听到久违的声音，我突然笑了，是那种轻松的、释怀的、坦然的笑。恍然之间，我们好像成了老朋友。

他说，猜想到我会联系他。因为他去上海之前住在武汉，他自认为他在我心里多少还是不一样的，想必我会担心他。他边说边笑了起来，我刚想反驳他自恋，却也跟着一起笑了起来，慢慢地聊起了以前。

上高中时，我就爱看他，迷恋他那一米八几的个子和阳光温暖的笑容。由于种种误会，我们在一起不到两个月就分手了。我摇尾乞怜地解释了无数次，他就是不信。高三时，他辍学去了上海。我从朋友那里要到他的手机号，半夜躲在卫生间里拨通他的电话，聆听他的声音，来慰藉思念成灾的自己。但我大气都不敢出，生怕他知道是我……在高考结束后的那个暑假，他终于相信我了。换言之，他终于被我感动了，还说他从来不相信我真的可以坚定不变，说起码他身边没有我这样的人。他说的一句话，我至今还印象深刻。

“给我一个机会让我来追你，让我好好爱你，好吗？”

聊到这里，我们隔着手机屏幕都觉得肉麻，不约而同地笑了笑。我们还聊到大学时的一次闹别扭，我就是不理他，结果在当天傍晚和室友去食堂的路上，就看到他上气不接下气地朝我招手。我一脸震惊，他上午还在上海啊！他说上午我不接他电话，他慌了，就马上买了到武昌的动车票，硬是站了三个小时，又在洗手间旁蜷缩了两个小时，才见到我。那时候，我们躺在校旁的旅馆里，他给我戴上一个耳机，里面正放着辛晓琪的《领悟》……

不觉中，我们已经聊了两个小时，手机变得发烫。这似乎预示着我们的聊天快要结束，我们便没在如此宝贵的剩余时间里，聊到最后的分手和“捉奸在床”的戏码。只有我自己知道分手后的那一年，我是怎么过来的，以致我走在校园里看到路过的情侣，都会觉得男生肯定会背着女生和别人偷情。

他聊到上一段两三年的恋情，说那女孩的眉眼有点像我，这倒令我很是吃惊。他们分分合合，最终还是散了。他如今，很难有想恋爱的感觉了。

凌晨两点四十分，通话终于挂断了。我长出一口气，又放起了《领悟》，挺感谢今晚的一通电话，仿佛让我重温了那几年，彻底放下了所有的恨意。如今生活安稳，我幸福且知足，还筹划着不久后的婚期。

人总会经历一些，放下一些，才会成长。每个人的生命中，都会有源源不断的人进来或离开。所以，请你别后悔放弃我，用那学会的珍惜，去呵护下一位进来的人就好。

作者云村 ID
皮杰伦

歌曲：蕾
演唱：蘇山海，与少年他 | 中文填词：蘇山海 | 词曲：小渊健太郎
翻自：可苦可乐

INTERLUDE

梦的花蕾

顿木

他攥紧我的左手，盖上他的斜挎包，怕公交车上的其他乘客看到。我望向他一侧的窗户，外面的风景向后飞奔，时间却过得很慢，慢到他一个眨眼就像日出般宁静，日落般澄澈。我们就这样坐着，惬意又安静。

长江边上，白鹭横江，江风沁脾。我们牵着手，安静地走着。他昨日说："哪天有空，我想牵着你的手，去江边吹风。"谁知第二天我们就成行，缘分就是如此奇妙，果敢相约总会无比确幸。我手心渗着汗，全身的细胞都在欣喜若狂。这时，对面走来行人，我们不约而同地松开手，好像什么都没发生过。

和他相识那天，我遇见了《蕾》，原来我的感情可被一首歌诠释得如此温柔。那晚，我默默流下了泪。我知道我们缺少的，是勇气。

一个人时，虽然时光很温柔，但都乏味得不值一提。后来的几

次见面，是我去找他的。

我踏上行程的那天，风很清，日很明。颠簸的大巴将我满溢的思念晃洒一地，见到他时，我安静得像个抹了腮红的空壳。小山坡顶，淡黄的枯草在清明的风中摇曳。他端起摄像机，对准我，单纯地笑着。我眺望远山时，他从身后抱紧我。那一刻，我发现他是磕碰到我心尖的男孩，我怎么会舍得我们没有未来啊。

恋爱中的我们，质朴又坦然，但都隐隐地藏着现实与思考。有一次，我问他，要不要勇敢地活，还说我会毅然选择“要”。他说“要”与“不要”需权衡轻重的，人总有要顾及的东西。没得到渴望的答案，我有点失望，可回过头想，“要勇敢”与“不要勇敢”之间还有着中间地带，那是理智又清醒的人长待的地方，如他。幡然醒悟的那一刻，我觉得自己轻率又稚拙。在那以后，我试着谨慎，而他不是没有勇敢过。

我悄悄地播放《蕾》，仔细地听，“百年孤寂却美丽又动人的梦想啊，被风吹向无人之地不回来”。当听到这句时，我默默地握紧了拳，好像我又有了争一等奖学金时的志气与勇气。

隔着手机屏幕，我们分享着彼此的所见所闻，所感所想。多少个夜晚，他拍下月亮的照片，发给我看，并不介意它是否皎洁。我听着他喜欢的民谣，尝试去懂他，去感知他过去因爱而积攒的失望，因家人而与日俱增的压力。喜欢月亮与民谣的人，注定是专一又孤单的情种吧？我告诉他，慢慢来，以他的步调慢慢来。

一个雨天，我们相吻了，随之匆匆分开。临走时，他给我一盒他自己卤的鸡爪，还说："我特意剔掉了趾甲。"我端着那一盒鸡爪上了车，坐在离他最近的车窗下。正点没发车，不知几时发，我下去也不是，他上来也不是。他在下面，不自在地翻看着手机，又时而看看我。我叫他先走，不用送了，可他不肯，寸步不离。

过了好一阵子，大巴才启动。我向他做最后的挥别，便起身走向那个常坐的座位，旁边没人。刚一坐下，我耳机里就传来《蕾》的前奏。我摊开左手，却没有他温暖的掌温。泪水为我的眼瞳铺上一层吹弹可破的保护膜，却让那拂面的霞光不太刺眼。

那晚，台灯下，我更加确信了，那梦想"会在哪里停下来呢，还是不留痕迹呢，还无法抓住的花蕾啊，在身边"。

从今以后，带着他给的"花蕾"，我绝对、绝对、绝对会尽情地绽放。

作者云村 ID
黪墨日光

歌曲 ▸ *Gotta Have You*

词曲 ▾ The Weepies

演唱 ▾ The Weepies

那年迟到的心动

栖一安

"空白"的青春期

年少时的我们，因为足够天真单纯，好像更容易心动。但也因为太过天真单纯，有时会在时过境迁后，才后知后觉道："啊，原来那时是爱情！"

我从小就是一个严格要求自己的女生，不希望自己让老师和父母失望，所以不去做"出格"之事。那时，我告诉自己："高中不要谈恋爱，都是没有结果的，应该以学习为重。"

虽然性格开朗，但我不太会应对别人的喜欢。高中时，一发现有隔壁班男生来送礼物，我就以迅雷不及掩耳之势跑到教室最后面蹲下，拜托身边的同学出去告诉那人，我不在。有一次，在结束早操回教室的路上，那个男生突然出现，拍拍我的肩膀。还没等他开口说话，我拔腿就跑。其实自己边跑边问："你跑什么啊，好丢人啊！也太胆小了吧。"却也觉得好尴尬，幸好跑得快。就这样，我从初中到高中，大概亲手扼杀了无数粉红泡泡萌生的机会，直到大学才谈了第一次恋爱。

大一的时候，电影《匆匆那年》的主创来学校路演，我边看男女主人公高中时的心动爱情，边在心里纳闷："怎么好像我从来没有过'匆匆那年'呢？我的青春期这么空白吗？"正这样想着，电影中出现一幅唯美的画面：在夏天空荡荡的教室里，一对男女生站在一起。风将教室的窗帘轻轻吹起，吹动女生的头发，也吹乱男生的心跳。这一幕映在我眼中，就像是砸在牛顿头上的苹果，让我恍然大悟，知道了高中的那次心动究竟代表什么。

好感，莫名其妙的好感

刚上高中的时候，因为搬到新的城市，人生地不熟，我有过一段很迷茫的时期，和同学们交流甚少。高一还没有分科，班上的男女生比例一半对一半。当时有一个宿舍的四个男孩子总喜欢下课来找我说话。他们虽然学习成绩一般，但都有一技之长，也很外向开朗，就很快帮我融入了班集体。

他们中有一位会弹吉他唱歌的男生，几乎每天下课经过我座位的时候都会叫我的名字或者逗逗我。我从最初不知道怎么回答，渐渐变得习惯，甚至开始期待他来找我说话。

那时候大家刚用上手机，大部分交流都通过短信。不记得从哪天开始，每次下晚自习到宿舍都会准时收到他的短信。我们聊日常，聊爱好，聊看过的书、喜欢的歌，互道晚安，就那样持续了一个学期。没有暧昧，却在我心里逐渐种下了青春期莫名其妙的好感。

那时候，他弹唱很好，总会在晚会或班会上表演。看着台上的他，我既羡慕，又自卑："为什么自己没有艺术特长？"那时候的我不会懂，原来当你因为一个人的出现而想变得更优秀的时候，就已经是喜欢了。

过分在意他时，我曾对着镜子，不断问自己："这种感觉算什么？"还没得到答案时，我就从别的同学口中得知，原来他有女朋友了……

那天，我的心情很复杂，想的不是责怪他，而是检讨自己。对方只是正常聊天，是我自己想多了。当他再给我发短信时，我告诉他以后少发，别让他女朋友误会，就开始刻意保持距离了。没了交流的同时，我也对着镜子中的自己说："你不要想了，现在就应该好好读书。"

我将所有的注意力集中在分科考试上，并努力考进了奥赛班。他在我隔壁的预科班。大家偶尔会在路上遇到，他还会嬉皮笑脸地和我打招呼，但除了偶尔的照面，我们没有任何联系。

可怕的"怦然心动"

《匆匆那年》里飞扬的窗帘，将我卷入这段珍贵的回忆里，接下来是我人生中第一次感受到喜欢所带来的强烈心跳。

我和他深陷在各自的生活里，备战高考。夏季的一天，午休时，我独自一人去教室里复习功课。刚坐下没多久，就听到隔壁班里传来歌声，唱的是许巍的《蓝莲花》，那是他喜欢的歌。出于好奇，我悄悄地走到他们班的窗边，向里望去，果然是他。刚想离开，却为时已晚。他看到了我，说:“诶，你也在呀？快进来。”

就这样，他抱着吉他，坐在桌子上，问:“你想听什么？我唱给你听。”

我坐在他对面的椅子上，说:“都行。”

“那我给你唱一首 *Gotta Have You*。”

轻快的吉他声响起，伴随他好听的声线，让我莫名紧张。某一瞬间的对视，我慌张地将目光从他脸上移到他拨动的琴弦上。

Nothing else will do

别无他求

I've gotta have you

得之你人

I've gotta have you

获之你心

这首歌清新悦耳，像是对心中珍惜的人娓娓道来的承诺。或许是因为这首歌太温柔，或许是因为他唱歌太好听，我被一种难以言状的情愫包裹着，湿润了多情的眼眸。

明明吉他声很优美，他的嗓音就在耳边，头顶的风扇在呼呼地吹，窗外的风将教室的门吹向墙角发出撞击声，我却清晰地听到自己强有力的心跳声——“怦！怦！怦……”我被吓到，怎么回事？为什么心跳这么重？别看他，也别看吉他，看别的地方，深呼吸！别想别想，冷静！理智！

思绪混乱中，我将视线移向门口，看着夏风轻轻吹起的窗帘在飘动，假装什么都没发生地向他道了谢，然后“落荒而逃”。那时候的我不懂，原来，当你因害怕喜欢上一个人而躲开的时候，就已经是喜欢了。

把美好留给匆匆那年

看完《匆匆那年》，我才明白，原来高中时的我是喜欢过那个人的。

大概是时间过去太久，心动也已经是过去时，不再会觉得尴尬。回忆起过去他对我的一些举动，我不禁好奇他那时的想法。听说他毕业后就分手了，我也不需要刻意避嫌，所以时隔三年后，在微信上和他聊起了当年。

他说了对不起，刚开始没有告诉我他有女朋友，“当时就觉得班里你挺可爱的，老想找你说话，想要逗逗你”。

我说没关系，当时我也不懂什么是喜欢，所以没感到被伤害。我问，那时总是听到他的室友笑问他：“今天又到百分之多少了？”那是什么意思，难道是每日攻陷我的进度吗？

他不好意思地回答，说他那时候太幼稚了，和女朋友相处有些问题，就老想着每吵架一次或者每发现对方有什么不好之处，就在心里为这段感情扣掉相应的分数，想着扣完就分手。

在聊天的结尾，我们互相祝福，故事的后续是没有后续。

无论何时何地，当我听到 *Gotta Have You* 时，一定会想起他。回忆很美，但不一定是因为他，也不一定是因为那个年纪，而是因为那时候单纯的心动，既像夏日阳光一样炽烈，又像夏夜晚风一样轻柔，干净又纯粹。

如今，已经踏入社会工作的我，不会再有机会看到被风轻轻吹起的教室窗帘了，但仍然相信那样单纯的心动还有机会发生。

我们总会告别匆匆那年，再路过一些人，最后钻进一个人的全世界，从此不再孤单。

作者云村 ID
栖一安

歌曲 ▶ ハレハレヤ（朗朗晴天）

词曲 ▼ 羽生迷子
演唱 ▼ v flower

我喜欢雨，也讨厌雨

澳大利亚的兔子

我喜欢雨，喜欢什么样的雨呢？我啊，特别喜欢淅淅沥沥的小雨，手拿一本感兴趣的书，躺在软软的抱枕中，听着雨水的呢喃。

我也讨厌雨，讨厌雨总是巧妙地候在门边，在我出行时顽皮地戏弄我。

雨，给过我最难忘的回忆，一段雨与泪交织、喜欢与讨厌并存的回忆。

中学时，学校每年都会不定时地来些国际交流生。他们或来自满怀樱香的日本，或来自满口英腔的大不列颠。一天下午，天空飘着雨丝，我撑着伞，急着赶回家去，急着甩掉湿冷的鞋子，急着钻进被窝，轻品一杯浓浓的咖啡。正幻想着咖啡沫旋转的样子时，在校门口遇到了一个女孩——穿着水手服，百褶裙干净清丽，双手搭在刘海前，小皮鞋被雨洗得发亮——看起来似乎在等待什么。出于热心，我走到她身边，问道:“你好，我可以帮你些什么吗?”

她回眸，那小千代似的容貌震撼了我。她愣了一下，然后轻鞠一躬，说了一大串我听不懂的话，原来是交流生啊。虽然我平时看些漫画，学了些胡乱的句子，但此刻极为无助。

明知道听不懂对方说些什么，我却认真地听着。末了，我把伞递到她手中,然后笨笨地打着手势,告诉她伞可以给她用。她再一愣，说了些什么，又轻鞠一躬，应该是什么感谢的话吧。然后，我一边说“没事没事”，一边不好意思地转身离开。

思绪一瞬间被拉了回来。我的手被一个小小的、凉凉的东西抓住，是她的手。她说了几句话，然后摇摇头，吐吐舌头，似乎知道我听不懂她说些什么，便将伞轻轻地靠过来，遮住了我俩。我接过伞柄，为她撑着，怕她淋雨，便将伞轻倾一些，尽量遮住她的身体。雨淋着我的右肩，寒意沁进 T 恤的针脚。她看出了我的心思，便用手抬抬伞边，轻靠在我怀中，维持着一伞晴空的平衡。

空气中有雨水凉凉的味道，有泥土甘苦的气息，最令人难忘的是她发间的清香，幽甜如茶。雨越下越大，为了躲避斜飘的雨丝，两人只好沉默地越靠越近。

不禁多打量她几眼，她的睫毛弯长，嘴唇嫩红，皮肤洁白，简直就是小千代。她稍稍抬头，那玛瑙一般的双瞳触到了我的目光，便赶紧躲走，颊边随之泛起可爱的粉红。

她翻出耳机，轻轻地为我戴上一个，悦耳的《朗朗晴天》便自耳机中流淌出来。她听着听着，情不自禁地跟着轻唱，声音甜甜的，仿佛小孩子手中松松软软的棉花糖的味道。

夜の街迷いし穢れの乱步
乱步泥泞，夜街迷离，无处不彷徨
何処から来たのよ見窄らしいね
你从哪儿来，如此饥寒落魄
ねぇうちにおいで温めてあげるよ
来吧，我许你一怀温暖

本就少了世俗喧嚣的周遭，因歌声显得更加静谧。是我太入神了吗？我无法确定，只是感受到其中不可言说的美。瞳孔缓缓聚焦，雨水和灯光分明了轮廓，细细的雨声再次溜进耳朵。云朵氤氲了一抹黑夜，久久驻留在那里，不肯离去。

我想云朵也被迷住了吧。她停下轻唱，冲我笑笑，笑靥的美，让我这个中学生再次呆呆地入神。

大巴靠了过来，她惊喜地挥挥手，车上下来一位外语老师，一边递给她纸巾，一边扶她上车。临上车前，她对我说了好多好多话。刚听懂“谢谢”这句话，还没回过神，伞下便只剩我一个人。

雨又缓缓下大了……

忘不了她的背影，忘不了她的发香，忘不了她的声音，忘不了她的笑容。她和这雨一样，让我欢喜让我忧。

后来啊，我找到那位老师，问他那晚她临别时都说了些什么。

老师沉思一会儿，便挠挠后脑勺向我道歉，说一下给忙忘了。忽而又想了起来，说："她那天走时，很感谢你，也很吃惊中国男孩子的体贴和可爱。还有，她想在回国前得到你一个确切的答复。"

她说，可以来日本千叶吗？希望能一起去看樱花。有些可笑，那天她走时，一直在看我，眼神急切。我却傻傻地向她挥手告别……

又下雨了，在我回家的时候。我久久地站在之前我们站过的地方，期盼着她的身影。雨水打湿了发丝，顺着眉梢和眼角流下。雨为什么会热辣辣的？原来是自己的眼泪。有什么好难过的？我问自己。

"你来时携风带雨，我无处可避；走时乱了四季，我久病难医。"

伞下有等待，有彷徨，有守望……而我伞下，有着如人饮水而自知的冷暖。希望有缘再见，那个让我合上伞后有了期待的日本女孩。

我答应你，去千叶陪你一起看樱花。

作者云村 ID
妹妹怎么这么可爱

歌曲 ▸ 一荤一素

词曲 ▾ 毛不易
演唱 ▾ 毛不易

那个女人

郭温暖

日出又日落，深处再深处，一张小方桌，有一荤一素，一个身影从容地忙忙碌碌……

每次听到《一荤一素》，我便会想到那个女人，那个令我又恨又爱的女人。

据说，那个女人从生下我就很讨厌我，总是骂我“赔钱货”。当然，我也不喜欢她，因为我刚一出生，就被她交给我姑姑抚养。事实证明，那是她难得做出的正确决定。姑姑十分疼爱我，好吃的、好玩的都归我独享。就那样，我在姑姑家，一住就是四年。

一天午后，我吃过饭，坐在外面的小凳子上晒太阳。阳光暖暖地打在身上，好不惬意。我微眯着眼睛，满足地摸着吃得圆鼓鼓的小肚子，还时不时地咂吧嘴。“呵呵呵……”突然传来一阵笑声，我猛地睁开眼睛，问：“谁？”不知何时，面前站了一个女人，正笑眯眯地看着我。女人指着自己的鼻子，说：“你问我呀？我是你妈妈。”看着这个自称“妈妈”的女人，我“哇”的一声哭了，大喊：“你不是我妈妈！你走，我不认识你，你走，你走！呜呜呜……”

那个女人走了，还把我一起带走了。虽然我有千万个不情愿，但姑姑说，那个女人就是我的妈妈。

和她同在一个屋檐下，我无法开心，因为好吃的、好玩的都不是给我的，而是给一个比我还小的小孩。更过分的是，我还被她要求，去照顾那个小孩。记得有一次，小孩在玩耍时不慎摔倒，脑袋还划出个大口子，鲜血直流。我当时害怕极了，连忙哭着去捂小孩的脑袋，可是不管我怎么捂都捂不住。那个女人刚回到家，听到哭声后，急急忙忙地赶过来，一把抱起小孩，骂我：“你个赔钱货！他要是有个三长两短，你十条命都不抵他一个！”

从那以后，我就处处和那个女人作对。女人喊我往东，我就偏往西去，不论对错。每当对峙时，那个女人就会骂我：“你个赔钱货！当初就不该带你回来。”我小脸发烫，牙痒痒的，鼻孔里“呼哧呼哧”地冒着粗气。

春去秋来，我和那个女人好像从未休战过，关系也一度降到冰点。直到我成为两个孩子的妈妈，而她的身体一天不如一天时，我和她之间才有了微妙的感应。

那一天还是来了，女人病倒在床榻上。作为她的女儿，我理所应当照顾她，毕竟那个“小孩”还在上学。她一开始觉得别扭，慢慢就适应了。而那个“感应”在膨胀，不过极其缓慢。一日，我像往常一样，打开了音响，给她听歌。平时，她根本不在乎我放什么，也从不说声大、声小或关掉什么的。我都怀疑她没在听。可那天，这个疑惑消散了。当播着《一荤一素》时，她突然问道：“这是什么歌？”我说：“《一荤一素》。好听吗？”她没回答，我尴尬地转过身去，继续忙活。可播完切歌后，她说：“再播一遍。”我愣了片刻，赶紧给她重播。在那以后，她就常听这首歌，偶尔还跟着哼两句。

日子一天天地过去，女人的身体每况愈下。一天，女人想去上厕所，保姆却没在。我径直走了过去，一把将她抱了起来。吃惊的是，我本以为要使出全力才能抱她起来，结果却很轻松地做到了。我心里滑过一丝未曾有过的难过，记忆中强悍的她竟变得这么瘦弱。她别扭地把手轻搭在我的肩上，我面露愠色，说：“你这样，要是摔下去怎么办？”她这才小心翼翼地抱住了我。我一愣，这可是她第一次抱我啊。

女人还是走了。

我平静地看着女人的肖像，回忆不由得被拉到很远很远。时光中，她好像总是很忙碌，可是不管她有多忙，嘴上有多凶，饭桌上总会摆着可口的两荤两素，口袋里总有她偷偷塞进去的学杂费和生活费……

一丝冰凉从脸颊轻轻滑落，我苦苦一笑，责备自己都没来得及叫她一声——

“妈!”

作者云村 ID
郭温暖 i

歌曲 ▶ 自己

作曲 ▼ Matthew Wilder
David Zippel
作词 ▼ 姚谦
演唱 ▼ 李玟

和解是人生的魔法师

五一泽

隔壁主播总在大半夜欢歌笑语。她的歌声不似天籁，而似惨叫。多少次辗转难眠，多少次梦中惊醒，我都有跑去“口吐芬芳”的冲动。可她住在隔壁单元，这一来回要上上下下十六层楼，我想想便罢。

我对她的单相怨，就像我曾对别人的单相思一样，都是一厢情愿。然而，我庆幸自己没去谩骂，也没去捶墙。因为我与她的单向和解在一瞬间达成，就发生在最近。

上个月末，我整天惶恐于外甥的高考志愿填报，心似窗外无处安魂的夜风，烦乱四野。外甥信任我，我却不自信。我那年备考如狂，模拟考时还把全校名次刷出新高。考试前夕，我反复听那首最爱的《自己》给自己打气，都忘了倒带多少次。开考那天，我穿上红色T恤，像宗教信徒祷告那样，默背一遍熟稔于心的文学常识，只期待幸运之神眷顾我。我给予高考足够的重视，高考却对我不屑一顾。我没考好，也没报好，我的高考是一次“无与伦比”的完败。

我痛恨那几天所做的一切准备，仿佛每一项都是谋害我的“罪犯”。那歌、那衣服、那颜色、那文学常识……甚至“高考”那个名词，都被我拉进人生的黑名单。

从过去滚来的人，才有资格对过去说“滚”。于情于理，高考都是我遍体鳞伤爬起后第一个去睥睨、去轰逐的东西。可我不得不再次面对高考，因为我的外甥。他还在娘胎里时，就陪我中考；三岁懵懂时，就候在我不愿具名的那次考试的考场外，等我“凯旋”。我陪他中考和高考看似“礼尚往来”，其实不然。我不仅是他的亲娘舅，还在他父母离异后默默地做着他的“舅爸爸”。所以说，陪他是我的职责。

外甥十一岁那年，被他爸带走了。实际上，他爸常年在外打工，他由爷爷奶奶照管。我那会儿在大连工作，回家探亲时，姐姐和妈妈才告诉我这个“晴天霹雳”。从那时起，外甥就远离了我的生活，仿佛带走了我心脏的某一部分。我工作时，常会胡思乱想，还曾打电话给姐姐，说：“你把孩子要回来吧，搁我这儿，我养。”她说：“你一个单身汉，住在单位，怎么养？领导和同事怎么看？”我承认养孩子于她于我，都有困难。可我不甘心，口无遮拦道：“孩子是你这段婚姻唯一的收获。他不管，你也不管。如果孩子将来学坏了，那么你的婚姻就是彻底的失败！”我刺痛了她，痛得她哑口无言。我们谁都没挂电话，任信道里越发汹涌的寂静将我们两个无能的人淹没。

姐姐回归娘家后，随父母搬到省城，与儿子分隔两地。她一次次地温故着她与儿子之间的距离，直到儿子初一下学期才有所放缓。那时，我们一大家子人研究把他送进私立学校：一来让他接受更好的教育；二来让他住校，免遭每天上下学的长途跋涉之苦。鉴于他爸爸家的经济状况不好，这一举动意味着姐姐把孩子接回自己“身边”，全权负责他的学习、生活、花销，甚至未来。压力如此之大，她却不再害怕，因为她终于同意爸妈和我陪她一起扛。一个孩子四个人养，应该没问题了。

我和外甥见面依旧少，但我心里尤为踏实，动力和压力共夯的踏实。他们仨是外甥的生活助手，而我做他的学习顾问。他很快适应了新环境，成绩也跻身班级前列，并像钉子一样牢牢地扎在那儿。中考时，他一次次地走出考场，在乌泱乌泱的人群中远远地向我们绽放笑脸，将姐姐和我提着的心、吊着的胆物归原位。他以优异的成绩考进一所省重点高中，考到了他妈妈身旁。

或许，他中考时把运气用光了。高考四科，每科出来后他都愁眉苦脸，说：“难啊。”我故作镇定，一再安慰他没关系，最后一次却有着灵魂出窍的感觉。他当晚估分五百五十分，那意味着现实与期望相差半百，也意味着他与东北大学，甚至所有“211”高校失之交臂。他不甘心，我不甘心，全家没人甘心。可我们无从指责，只能在沉默中啃食苦果，翻着自己厚重的“账本”。

我曾每周末隔着手机点评他的作文；曾给他归纳数理化三科全

部知识点；曾告诉姐姐要求所有补课老师以梳理知识体系为重；曾特意请假回沈，坐进他的补课班，考查每科老师的授课质量，并炒掉那位习惯以反问句剥夺他思考权利和机会的物理老师……我为他高考所做的，都是我不曾为自己高考所做的。他考试前一天，我们一家人吃了春节过后的第一顿团圆饭。看他自信满满的样子，我有感而发："倘若我高考失败的教训，哪怕有一点点转化成你高考成功的经验，我就心满意足了。"他笑了笑，不作回答。在返程的高铁上，我责怪自己对他说了那句话，也许那是压垮骆驼的最后一根稻草。

出分那天，我第一时间冲进查分页面，经过四十分钟的"网络踩踏"后，率先刷出他的分数。目瞪口呆！我反复核实他的名字三遍，肯定道："没错，是我外甥。"我把截图分发给他、他妈妈和他姥爷姥姥，对话框中都杳无回音。我妈打来电话，说："儿子，太好了！你外甥没考砸，五百八十四分！"就那样，全家人的心情犹如坐了一次发生故障的跳楼机，好在平稳落地。

兴奋转瞬即逝，我又陷入忧愁。他们都把报考大任交给我，都不介意我当年如何被"报考"打得满地找牙。强烈的挫败感又纠缠着我，使我难以集中精力为外甥计长远。

可生活由不得你，它真会推着你往前走，力度还不小。强压之下，我和他走钢丝一般行进在一条细长细长的取舍之路上。报考当天，我又回到沈阳，同他一起，把全家人的渴望一字一字地敲进报考系统。十六个平行志愿，九十六个专业，填满所有空格，不给意外半点儿见缝插针的机会。果然，他超出第三志愿的录取线三分，登上了开往徐州矿大的招生大巴。从家人爽朗的笑声中，我有一个惊人发现：我们全家人患了十几年的心病终于痊愈了。

那晚，我激动得难以入眠，盖着被子都要飘起来似的，没留意到隔壁主播正在引吭高歌。突然，一段熟悉又陌生的前奏响起，我的心“咯噔”一下。我把头埋进被窝，捂住耳朵，听血液的洪涛在咆哮。可我脑子里回荡着那旋律，浑身的细胞竟会成群成群地加入合唱。那歌声掩盖其他一切声响，那声压犹如一记记重拳在我体内暴击着我。我松开手，弹坐起身，大口喘气。惊讶的是，我心中的旋律与隔壁的歌声无缝对接，连一个拍子都不差。我不由自主地跟着她唱，却发现自己哽咽难歌，脸颊上正奔腾着久违的河流。

多谢外甥，我与“自己”和解了，我与它不该承载的那段刻骨铭心的往事和解了。回首这么多年，我无形中原谅了许多“罪犯”，衣橱里挂有红色的外套，脑子会不时地重温那顺口溜式的文学常识……对于高考，我一次又一次地与它作切割，不正是因为切不干净才一次又一次吗？为了外甥，我不忍再去切割，转而乞求它告诉我缘何失败。我原以为高考把我逼进人生的暗角，让我在漫无边际的蹉跎中磕磕绊绊。为了活下来，为了活得不比高考成功后那种可预见、可参照的人生差，我拼命磨砺自己，誓要发出金子般的光芒，从此无角可暗。所以那个暗角，决定走进去的是我，决定走出来的也是我。

放了它们吧，彻底放了。那黑名单不过是不定期徒刑的大牢，里面的“罪犯”减不减刑、出不出来，我说了算。若我硬是倔强，必须把它们死死关在这儿，那么我只好给这儿重新命名——白名单。

这就是和解，它是人生的魔法师，把旅途中的跌打损伤通通变成美景。

隔壁换歌了，我也平复了，听那歌声不再刺耳。仔细一品，她唱得真不赖，音准好，律动佳，时不时的即兴甚至比原版好听。最牛不过她洪亮通透的高音，“High E”和“High F”张口就来，不然她也没可能驾驭《自己》。

这免费的演唱会甚是精彩，“相见恨晚”啊！

作者云村 ID

51 泽

歌曲 ▸ 你微笑时好美

翻自 ▾ 谢霆锋
作曲 ▾ 游鸿明
作词 ▾ 姚谦
演唱 ▾ 游鸿明

你微笑时，世界好美

樊怡君

我揉了揉眼睛，在枕头下一阵摸索，把还在响着《你微笑时好美》的手机闹铃关掉。这猝然响起的声响对于熟睡中的人来说，如同梦魇，更何况这是一个休息日，周六的七点整。

对于备战考研复试的人来说，我起得不算早。但我们宿舍是混宿，舍友几乎都是大一学妹，此时的她们都在睡梦中。我蹑手蹑脚地下床洗漱，但睡在我对床的学妹还是被吵醒了。她翻了个身，不过并没有显得不耐烦。我顿了顿，便拿着洗漱用具，去了公共洗手间。

考研，是我四年后的又一次“高考”，是对个人意志力的极大挑战。整日的复习令我疲惫，唯有想起学校外那条美食扎堆的后街时，我才稍感愉悦。

后街的小吃摊和美食店比比皆是，我偏爱那个在角落里红火的鸡排面摊。摊主是一对慈祥的年迈夫妇。无论谁来光顾，他们总会把快餐盒里的鸡排面塞得满满的，多到盖不上盖儿。我们宿舍与后街仅一墙之隔，不用袋子就可以拿回去。但他们仍会小心地把快餐盒装到袋子里，递给我们，说：“外面灰大，这样干净。”这话听了，着实暖心。

除了鸡排面，夫妇两人还卖包子。由于刚起床，我吃不下太多，就买了一个青椒火腿包，边吃边走，出了后街。

蓦然抬头，我看到不远处一个推着自行车卖早点的老奶奶。她正站在街口向里张望，似乎在寻找空摊位。不过，整条后街都满满当当的，显然没有她的位置。她只好推车离开，碎花布衫的衣角被清晨的冷风吹起。

我一路啃着包子向图书馆走去，发现她与我同路。图书馆前是一条人来人往的大道，她把自行车停在路旁，揭下车上的餐布，露出了一个小喇叭。

“炒面馒头……一块两个……炒……一块……”

喇叭发出断断续续的声音，她在调整。后来，声音虽清晰流畅了，但没人在她摊前驻足。也难怪，来图书馆的同学像我一样，早就在后街或饭堂吃过早饭了。

面对匆匆而过的人群，她茫然地站了一会儿，便推着自行车走了。“炒面馒头，一块两个”的声音也渐行渐远。

“希望她去的下一个地方，有人还饿着肚子。”我这么想。

这个小插曲，在我一踏进图书馆时就忘怀了。

过了两天，在一个天色阴沉的中午，我头昏脑涨地从成堆的复习资料中爬出来，向后街走去，找吃午饭的地儿。想来想去，我照旧来吃鸡排面，可眼前的景象大有不同。

鸡排面摊旁，多了一个自行车载着的流动餐摊。一眼看过去，两个摊子好像合并了一般。那对老夫妇依旧面带微笑，热情地帮客人打鸡排面，而他们旁边的摊主正是前日见过的那位老奶奶。她也忙着卖自己的炒面和馒头，还时不时地帮老夫妇去照看一眼他们背后的煤气炉。两边的摊主，目光相接，就会相视而笑。老奶奶的脸上，此前满是茫然，现在却挂满笑意。这相亲相爱、互帮互助的一幕深深地触动了我，令我不禁忆起过去……

去年的我，深受备考的折磨与困扰，每天的睡眠严重不足。我总嫌舍友动静大，吵到我。她们一搬进寝室，就开始军训，天天早起。几个人一起起床的动静，可想而知。那段时间正值我备考的瓶颈期，我难以控制情绪，就没给她们好脸色。有一次，一位学妹在大早上突然打开天花板上的大灯，惊醒了我，我大为光火。后来我才得知，她要戴隐形眼镜，由于光线太暗，才这么做的。对于我的失态，她没有多说，而是去买了一盏小台灯回来。每当那盏台灯亮起时，我都有一丝愧疚。

学妹们并未因此对我有芥蒂，反倒细致入微地关照我，连熄灯后爱打电话的学妹都刻意缩短了时长。她们为我所做的一切，我都看在眼里，心中最初的那块坚冰在渐渐融化。

最令我感动的是，我考研初试的前一晚，她们担心我睡过头，就相约一起把手机闹钟调到五点半一响，六点再一响，还给了我一个彩蛋——铃声是我最爱的歌。那是我大学四年中最难忘的一个夜晚，我安心入睡。第二天一早，铃声四起，并不同步，却像多了好几个声部的关爱交响曲。那时，我好想哭一场，为当前的这份感动，也为曾经的态度感到羞愧。不过，我控制了情绪，带着她们的祝福走进了考场。

从那以后，我们宿舍就其乐融融了，总会听到欢声笑语。我会时不时地给她们带好吃的，和她们在睡前聊聊天，谈谈学习和生活。即使备战复试依然紧张，我也不会再疲累和焦灼。我慢慢地认识到，拥有轻松愉悦、互助互融的小圈子对于每个人来说都特别重要。

有人说，没有人是一座孤岛，我赞成。若把圈子比作孤岛，那么我们都是围着孤岛环游的鱼。小吃摊上三位老人的互帮互助，我和舍友们的互相关爱，都在诠释“共生”的价值与意义。这一切正如《你微笑时好美》中所唱：

你微笑时好美，当你发现明天的无限，所有机会，为爱和解……

作者云村 ID
君桂珍

歌曲：朋友请听好

演唱：何炅，谢娜，易烊千玺 | 作词：唐恬 | 作曲：陆虎

INTERLUDE

我怕手帕里藏着还没送出的糖

千纸鹤

“说奶奶的手帕藏着给你的糖……说远方很远啊，然而今天也很勇敢呐……”

数不清这是奶奶第几次吃错药了，“就一个药我还吃不明白，还要你帮我找药？”但我还是把一个个药片放在她手心里，一如我年少时，奶奶将一颗颗糖摆在我手上。我多么希望她的身体可以快快变好，再陪她到山上摘榆钱儿，做疙瘩汤吃。

黄昏时分，年幼的我端着一碗疙瘩汤，在门前的大树下一边乘凉，一边吃，奶奶总叫我多吃些。我也盼着多吃后，手长得长长的，能轻易够到榆树那高高的枝丫。那样一来，奶奶就不必再辛苦爬高撸榆钱儿了。那是我记忆中最美的时光，也是我无法重温的时光。

那天，我躲在被窝里听节目《朋友请听好》的同名主题曲，听到“说奶奶的手帕藏着给你的糖”时，眼泪就“噼里啪啦”地落在手机屏幕上。

突然想起，奶奶总会在柜子里藏着放了很久的糖和点心，等我放假，等我去吃。在艰苦的日子里，奶奶是刚强，甚至蛮横的，却总是把温柔的一面留给小小的我。

初一那年，我去了离家两个半小时车程的中学读书。一个月放一次假，回家的日子屈指可数。放暑假的前一天，我迫不及待地告诉奶奶那一天大的好消息。奶奶如往常一样，痛快地答应给我做糖醋排骨。电话中，我没察觉到一丝与往常的不同。

到家那天，奶奶依旧满脸笑容地迎接我。后来，母亲告诉我，爷爷在前一夜被确诊为脑血栓，还没脱离生命危险。爷爷住院时，一到深夜，奶奶就唉声叹气，一声接一声，泪珠一串串地滑落到地上，被月光摊成一片片水渠。白天，奶奶还坚持做着农活，忙完了才给妈妈打电话，问爷爷的情况。我知道，奶奶的精神支柱在摇摇欲坠，她心里充满了担忧和不安，她不过是强迫自己坚强罢了。奶奶略显佝偻的身影，笼罩着一层温柔又坚毅的光。可她老了，我多想她歇歇，多希望帮她撑起一片天啊。

我渐渐长大，就意味着奶奶手帕里的糖，越藏越久。我回家的次数越来越少，可是我一直坚信她藏给我的糖，只多不少。

每当静下来，一个人时，我就会想起奶奶，想起她温柔的目光和无私的爱。在我心里，榆树还是那么高，我还是那么小，手从未因吃多或吃少，而变长或变短。

趁着“五一”假期，我回到了奶奶家，听到奶奶也被查出轻度脑血栓的消息时，我很伤心难过。我不愿这是真的，不想她重复爷爷的痛苦。可不得不承认的是，奶奶真的老了。她耗尽了自己的岁月，温暖了我的时光。她是千万个普通奶奶中的一个，却是我的盖世英雄。

我离家的那天，她如以前一样，佝偻着背，拎着一袋藏了很久的糖和点心，追着塞到我的怀里。不是我走得急，而是她又老了一些，腰又弯了一些，步履又迟缓了一些。我想让她知道，她精心呵护的我，已经长大了，能够照顾自己了，最怕等我的努力得到回报的那一天，我什么都拥有了，却兑现不了对她的诺言。所以，希望我们在余下的岁月里一切顺利安好，好让我攒够手里的糖，像奶奶曾送给我一样，送给她。

作者云村 ID
一只废柴猫 L

歌曲 ▸ 2002 年的第一场雪

词曲 ▾ 刀郎
演唱 ▾ 刀郎

雪是大浪漫，歌是小人间

阿礼

2002 年的第一场雪，比以往时候来的更晚一些……

“爸！能不能小点声，每天都是这样！”

我爸那两台笨重的音响一如往常地按时响起，不为别的，就为能够早早叫醒他的宝贝女儿。我睡眼惺忪地爬下床，愁容满面，总看到他一副洋洋得意的样子。

经历无数次歌声折磨后，我确信：老爸最喜欢的歌手就是刀郎，而“青青河边草”的高胜美只是他心中的完美女神。

两台黑白配的老式音响，外加一台银色影碟机，是我爸最珍贵的宝贝，也是我小时候最好奇的高科技玩具。五颜六色的连接线头插进影碟机上的一排排小孔里，还有那些奇怪的拼音符号把我的整个童年一并串联。爸爸曾多次告诫我不能碰这些东西，可按捺不住好奇心的我还是会趁周围没人时，用手指把音响上的喇叭戳下去。每每被爸爸发现后，我总逃不掉被数落一顿，可是好了伤疤忘了疼，我依然会津津有味地探索。

寒来暑往，秋收冬藏。我上学的地方离家越来越远，听的歌也从刀郎变成了当代流行音乐榜单上的新生歌手，可是不管怎么听总觉得少了些味道。

不在家住，我摆脱了家人的唠叨，还可以稍稍“为所欲为”。原先的及腰长发剪成及颈短发，清爽多了；原本合身的运动装变成时下最流行的宽松衣裤，束缚感没了！为了方便接我回家，我爸特意买了一辆车。我清楚地记得，那天他来学校接我，一眼就锁定了我的短发。这对有长发情结的他来说怎么了得！他强忍到车子上路后才质问我：“头发什么时候剪的？这么短的头发，一点女孩的样子都没有！”

“我喜欢短发。在学校住宿，长发也不方便。再说了，我自己的头发，我想剪就剪。”

“唉！我跟你说你又不相信。你也不问问别人是觉得短发好看，还是长发好看。女孩就该留长发，男孩就该留短发。那我去留个长发，你说好不好看？”

“……”

我不想和他多说，也不敢继续和他争论，只好沉默不语。在这狭小的空间里，气压明显降了不少。由于无聊透顶，我连上了车载音响，播放我喜欢的民谣，“南山南，北秋悲，南山有谷堆……”我望着窗外，静静地听着歌。可放到第三首时，我爸终于忍不住了，说：“你这放的都是些什么歌？一点也不好听，唱得一点力气都没有。”

“这叫民谣，就是这种风格。我觉得很好听啊。”

“难听死了！”

我无话可说，关掉播放器，之后车里又是无尽的沉默。

假期匆匆而过，我爸本打算开车送我返校，但我拒绝了，独自上了不太舒适的校车，主要是怕我们父女两人再针锋相对。

物换星移，全球渐暖，二〇〇二年下的第一场雪终究还是“融化”了。也许当一个人有了孩子时，他的青春就算结束了，可我爸的青春是在二〇〇五年才画上句号的。

在那年，刀郎选择“隐退”，从台前转到幕后。后来接受采访时，他说：“（退出台前）是调整心态，也是逃避现实。当时就觉得做歌手没有那么纯粹，除了唱歌以外，还要去面对很多没有意识到的情况，比如各类商业活动的应酬，心态上一下接受不了，生活不再是最初想要的。”

从那以后，影碟机里再也没有出现过新光碟。当初不顾家人反对，毅然辞掉工作的父亲，在走南闯北之后，也回归了稳定的家庭生活。岁月的痕迹，爬上了少年的眉梢，也压弯了少年的脊梁。曾经志在四方，现在安居家乡，好男儿依旧是好男儿，只是小伙子变成了老爷们。

我启程上大学那天，我爸送我去火车站。我们一下车，听到街角传来熟悉的歌：

2002 年的第一场雪，比以往来的更晚一些，停靠在八楼的二路汽车，带走了最后一片飘落的黄叶……

“这不是刀郎的歌吗？好熟悉啊，现在听还是好听。”

“那肯定的，比你听的那些歌好听多了。”

原来，二路汽车还停靠在八楼站，而被带走的枯叶永远不会是最后一片。在那似水流年的记忆里，不止有那一场雪，在未来的日子里，总会有那一场雪。

作者云村 ID

Jiro 礼

歌曲 ▸ 生活又不是热血动漫

演唱 ▾ 尚东峰
作词 ▾ 镜千
作曲 ▾ 尚东峰

生活又不是热血动漫

京阿九

卖花的意义，却也是生活的意义

卖花这事儿，绝不是一时兴起。在行动之前，我们确定好了路线和目的地，算好了投入，计划好了时间，研究好了如何进花、搭配和包装。这是——

一场与生活的斗争，我们美其名曰“情怀”。

我们，从兴致盎然——自信出发，到披星戴月——疲惫而归。仅仅两天，尝到的滋味，却是从前的日子里未曾体会过的。说实话，我在去花卉市场的前一天晚上，躺在床上犹豫着到底做还是不做。要知道，这一步踏出去，就只能向前。最后，我决定了向前。也许是我的冲动使然，也许是我的直觉驱使。

一位老奶奶说，今生卖花，来世漂亮。我想，这里的“漂亮”，大概是指活得漂亮，无关容貌，更无关金钱与地位。在我心中，花，代表对美好生活的热爱和向往。

人生海海，看尽百态

这次卖花，我们没赚到一分钱，甚至还赔了本。可我仍旧庆幸，仍旧感谢这段经历。要问收获了什么，那还的确不少。就像低价买、高价卖的满天星一抢而空，高价买、低价卖的向日葵和风铃花却鲜有人问津；来买花的都是小姐妹，而没有一对情侣；有些人问了价格，却总会以莫名其妙的理由挑剔而不买。

印象最深的是成年人的一些说辞。上午的阿姨，说先去趟医院，一会儿回来找我们；下午的叔叔，说先到路对面买杯奶茶，很快回来。相似的说辞，相同的结果。你猜到了吧，两个人都没再回来。

反倒是那些过路的孩童，纯真得令人羡慕。个个七八岁的样子，你说他们什么都不懂，我还真不信。至少，他们懂得什么是美。朋友说："如果那些小孩子有钱的话，估计我们的花很快就卖完了。"是啊。美与丑，他们往往分得更清。想得少，不知世故，多好的年纪。

谁也没有主角光环

那天，我们抱着满怀的花，站在路边聊天。从县城的经济发展水平到人们的精神层面，再到生活的理想，无一不聊。没有确切的结论，可是个中道理，我们心里都清楚得很。

我们晒了中午的太阳，吹了傍晚的风，真真有些流浪、乞讨的感觉。花卖得不尽如人意，人也累得不成样子。

可是生活这东西，多有趣。罗曼·罗兰说：“世界上只有一种真正的英雄主义，那就是在认清生活的真相后依然热爱生活。”没有人是生活的主角，所以我知道不会有谁过来拯救我们，买下所有的花，结束我们一天的疲惫。我也能理解过路人匆匆瞥了一眼之后，在生存与生活之间选择了生存。可尽管如此，我依旧乐在其中。

那天，我给朋友推的歌是尚东峰的《生活又不是热血动漫》。

“我们都不过是小人物，愁着下一餐。”

她回去听了，难受，我也是。歌词太逼真，旋律太动人，而我们，又太渺小。但我希望，无论是生存还是生活，你都要热爱这世界。

如果可以，买一束花吧

一天时间，我们几乎转遍了整个县城，遇见了形形色色的人。我们甚至在晚上碰见了上午来买过花的人，有种难以言状的幸福感。不止我们，她们也一定是幸福的。

“上门”的客户中，有讨价还价的，有只问不买的，有不肯给女朋友买花的，还有晚上预定，第二天经过我家楼下时再取花的……哦，还有一个，她说，没有人送她。太可惜了。没有人送花不可惜，可惜的是，她没有买我们的花。并不为赚她的钱，我只是觉得，她应该给自己买束花，只为自己，只为买花的那一刻，她整颗心都是自己的。

可能买一束花，摆在那里，你觉得只是一种形式。可我觉得，那是一种爱：有人送是被爱，自己送是自爱。总会有人翻山越岭为你而来，可你得先学会爱自己。所以，买一束花吧。你瞧，没人送花，我依旧活得很精彩。

最后，祝你快乐。祝你与生活为友，不是动漫也可热血。

作者云村 ID
京阿九

歌曲 ▸ 房间

词曲 ▾ 刘瑞琦
演唱 ▾ 刘瑞琦

房　　间

程安素

我喜欢夜晚一个人独处，用有线耳机连上手机听歌，感觉身心都清静下来。这时，只有这个房间陪我，回忆就会汹涌而来。

听歌的人，有多少知道刘瑞琦的这首《房间》？她以独特的视角、切身的感受创作了这首歌，又以慵懒而温柔的嗓音，唱出我们新一代大学生的室友情。与她唱的有些不一样，我回想的是，家里这个属于我的小房间。

我们家住在小区的第一排，临街，楼下是底商的那种。我的房间正对着熙熙攘攘的街道，虽有些吵，但充满市井气息。

凌晨四点半左右，你会听到垃圾车“哐当”“哐当”翻倒垃圾桶的声音。在雪天的清晨，老早就会听到楼下小店老板用铁锹铲雪戳地的撕挠声。你很难想象这样的一条小街，竟有四个大型小区坐落两边。私家车出出入入，街道堵得水泄不通是家常便饭。每到早晚高峰，整条街仿佛被按下了暂停键，一切都定格在那一帧。

早上八点半，二手房中介准时开早会，员工们喊着团结的口号。只要我放假在家，那句“好！很好！非常好！”的口号就是我的起床闹铃。对面超市的喇叭，全天不休，不停地播报最新菜价。收废品的大爷大妈，开着一辆小挂斗，走街串巷，偶尔会停在我的窗下，成交一两单买卖。

有时，我能听见城管拿着喇叭清摊，遇到不服管理的，还免不了一场争执，引得不少人围观。疫情新闻从窗外传进来，我本以为是防疫车在走街宣传，孰料是前不久建好的广播塔在播报，还不时地提醒人们：“戴口罩，勤洗手，多通风。”

中午时最为吵闹，卖房的销售员大声接打电话，学生三五成群嬉笑着回家吃午饭，饭馆也传出炒菜时特有的炊具碰撞的铿锵声。卖碟的中年大叔一见人多，也来“凑热闹”，加大了音量，让原本好听的歌变成了噪音。每当这时，父亲就会冲着楼下一吼：“这是住宅区，中午有人休息，你这属于扰民！”那大叔这么一听，就老老实实地溜走，一天之内不会再来了。没错，那个“有人”也包括我。只要父亲在家，我午睡就不需闹钟，他会称职地提供叫醒服务。有时，我也被突然响起的丧乐吵醒。他们吹拉弹唱，走一段，哭着唱一段，再走一段，再唱，想让逝去的人听到亲人的惦念。想到这儿，我就无气可生了。

下午倒是相对安静，奶奶出门去遛弯儿，和小区的老人们坐在一起。他们扇着蒲扇，聊聊家常，打发去接孙子孙女放学回家前的这段时光。楼下打工一族忙里偷闲地看上一眼时间，怕是在心里倒计时，期待着一日工作的结束。餐馆忙完了一天中热闹的上半场，服务员和厨师们在店里小憩，随后都抱着盆儿摘菜，为下半场备料。日出日落，店铺的作息周而复始，即使换了人，也永远不乏忙碌的身影。每当我一个人在家的时候，就会一边听歌，一边哼唱，顺便写着还未完成的作业。

学累了，我会陪着奶奶边吃干果，边看中央八台老套的电视剧，不知不觉中，就会听到学生在放学路上的嬉闹声。当爸爸和妈妈按响门铃时，一家人团聚的时刻就到了。

日头西垂，晚霞将天空浸染，又换成月亮接班营业。在我的房间，你会听到从不远的小广场上传来时下最热门的舞曲，那是“中老年姐妹团”正放着她们的小音响，跳着广场舞。歌中有男声饶舌，她们会舞着扇子，整齐地踩着节拍，翩翩起舞。

路灯亮起，街对面房屋的装饰小彩灯也随之亮起。那灯光透过我的玻璃窗散发着光晕，甚是好看。若是雨天，路上的小坑洼会映出一地的闪闪红绿。雨夜的美好还在于，能听到雨点滴打空调外机的美妙声音，这确是我最好的入眠曲。

楼下的家常菜馆加了烤串的营生，那诱人的烧烤味会顺着纱窗钻进房间，勾引我肚子里的馋虫。然而，我妈会说：“都是些地沟油烤的东西，不健康。”她一句话扫了我的兴致。深夜，偶尔会听到楼下喝酒聊天的声音，聊到激动时，还有大喊大叫的，甚至摔酒瓶子的。一到这时，我就会在被窝里皱眉，想到两个字——素质。

这就是我的房间，从这里听到的每一种声音，不论是吵闹的，还是悦耳的，都足够真实。它们被我悉心铭记，一一珍藏，长短不一的曲调积攒成我的专属回忆曲。

我在窗前，看着四季的更迭，将每一处细节装进心里。有一天我可能会离开这个小房间，也可能会在未来的某个时刻，被记性折磨而忘记这里的一切。但我想，这首曲子会像《房间》之于室友之间那样，永远代表了我与这个房间的不解之缘。即使忘记，缘分也不解。

房间终究会以曲子的形式插播在我人生的乐章里，听的时候感动，听完之后温暖。

作者云村 ID
差不多的程安素小姐 Chloe

歌曲 ▸ 米店

词曲 ▾ 张玮玮

演唱 ▾ 郭龙 张玮玮

不知不觉间，时光就变成了烟

南有乔木

二○一○年，我在青岩小镇开了一家酒吧，它有一个文艺的名字——时光纪。

那时的青岩还没有被打上类似“艳遇之都”的标签，到青岩的游客多半是冲着这里颇具古朴气息的木质房，潺潺流淌的清澈溪水，笑声如银铃般的妙龄少女而来。当然，还有慕名来这间酒吧的人。

虽然这座小镇拥有各色各样的酒吧，但时光纪以“民谣爱好者的聚集地”为特色招牌，显得独树一帜。酒吧里没有琳琅满目的酒，大家围坐在一个大火炉旁，一瓶君度在众人手中传递。大家唱唱歌，打打扑克，喝点小酒，日子就这样不慌不忙地溜走。

时光纪与其他酒吧最大的不同在于，驻唱与听众的界限极为模糊，驻唱即是听众，听众同时也是驻唱。这些民谣爱好者围坐一圈，将吉他放在腿上，自弹自唱。各种美妙却不矫揉造作的旋律就会缓缓流泻出来，在人群中随性穿梭。所弹唱的民谣大多由这些驻唱歌手原创，有时候，他们也会聚在一起交流感受以期得到某种创作灵感。

大树和木子也是他们中的一员。直到现在，我还记得第一次见到木子时的情形。她身着一袭素净淡雅的长裙，朵朵细小的碎花点缀其中，瀑布似的长发柔软地垂着，气质清新得让人过目不忘。

有一次，我弹唱了一首《米店》，“三月的烟雨，飘摇的南方……”木子坐在我的斜对面，习惯性地把头靠在大树的肩上，专心致志地听着，像个好学又听话的小女生。大树每次都会宠溺地摸摸她的头，两人一脸幸福的模样。

这天，人群即将散尽，她走过来轻轻地拍了下我的肩，问道：“绿子，你刚唱的那首歌叫什么名字啊？真好听。”

我答道：“《米店》。要是你喜欢的话，我随时都可以唱给你听。”

她笑笑，不置可否，只是转过身喊道：“大树，走吧。”

真是奇怪啊，每次我都会误听成“大叔”，瞬间便有种置身于韩剧里的甜蜜感。

大概每一个酒吧驻唱都有一个歌手梦，阿城也不例外。虽然自己的原创歌曲得到酒吧听众的认可，他觉得很高兴，但是他想让自己的音乐被更多人听见，进而成为一名真正的歌手。

某一天，阿城递给我一张唱片，满脸嘚瑟。

“嘿，绿子，这是我的第一张唱片，特意给你留的，赶快去洗耳恭听吧。”

我白了他一眼，问：“你签哪家公司了，该不会是你自制的吧？”

他说："bingo（没错），我自己投资了二十万，做了第一张个人唱片。"

我顿时觉得一群乌鸦从眼前飞过，它们的尾巴还拖带着三个特大号加粗文字——二十万！

"你这是把全部身家都押在这张唱片上了？就算你一张卖五十块，那至少得卖四千张才能回本啊！"

他无所谓地耸耸肩，说："这没关系，只要能拥有一张属于自己的唱片，我就心满意足了。其他的，没有考虑那么多。"

虽然我对他这一鲁莽举动感到生气，但还是积极地向熟识的人宣传他的唱片。他在人流汇集的路边摆了一个小地摊，唱片整齐地码在碎花布上，旁边摆一个小凳，他就坐在上面卖力地吆喝着："大家快来看、快来买，我的唱片质量绝对好，任何电脑都能放出声来！"偶尔有一些顾客被他俊朗的外形吸引，便走上前去，问道："真能放出声来？"他忙不迭地回答道："能！绝对能！"

于是乎，顾客的开场白往往变成了"唱片能否放出声来""方便演示一下吗"诸如此类的话。我提醒他说："你把这句广告语换了吧，要不然，这个梗是过不去了。"他不以为意，继续我行我素。

这之后不久，大树和木子就带着一台笔记本电脑来到了我们的小地摊前，他们亲自为前来购买唱片的人试音。由于他们的加入，阿城的唱片生意越做越好。但是，由于频繁使用，仅仅两周，电脑便宣告彻底罢工。阿城和我都感到过意不去，于是，我们便商量着凑钱给他俩买一台新电脑。他俩急忙说没事，不用那么麻烦，便婉拒了我们的提议。

阿城的第一张唱片使他备受鼓舞，虽然，他现有存款还不足以支付下一张唱片的制作费用，但他已经把第三张唱片的封面都给绘好了。

大树和木子在这里的最后一天，我们一大群人给他俩办了一场像模像样的欢送会。我们互相拥抱着，没有煽情，也没有哭，甚至连联系方式都没有留下。也许，在彼此看来，有缘的人终会相聚，又或许，本就是萍水相逢，从人海中来也终将回到人海，毕竟天下无不散之筵席。

那以后，我再也没有见过他们，也没听到与他们有关的任何消息。

二〇一四年，我听从家里人的安排，将酒吧转让，找了份不咸不淡的差事，又回到了单调乏味的生活状态。六年来，朝九晚五，三点一线，拥挤地铁上如行尸走肉的我，只有回到家才能呼吸到片刻自由的空气。那把从前形影不离的古他，如今只能孤零零地待在角落里，上面覆盖了厚厚的一层灰。我这才突然意识到，已经很久没碰过它了，而那些曾经相熟的人也陆陆续续地断了联系。

又一个周五，我在办公室加了几个小时的班，将近晚上十点才匆忙离开。冬天的夜晚，寒风刺骨，街上的行人稀稀拉拉。想起家中尚未进食的猫主子，我紧了紧脖子上的毛绒围巾，加快脚步朝家的方向走去。路过一家面包店的时候，《米店》的前奏骤然响起，我不自觉地停下了脚步。抬眼望去，温馨又明亮的灯光打在各色精致的点心上。距离圣诞节还有半个月之久，橱窗上却已贴满圣诞树和圣诞老人的宣传画，一派热闹的景象。只可惜美中不足的是，店里的顾客少得可怜，大概因为天冷，人们更愿意待在温暖的家里。

好久没有听《米店》，再次听到，依旧那么亲切动听。每次听到这首歌，我都会想起十年前的那个夏天，还有那群可爱的人，木子、大树、阿城……只是，他们早已散落于天涯海角，我再也找寻不到了。

你的舞步，划过空空的房间，时光就变成了烟……

我轻轻哼着，一个不注意，眼泪就滑落下来。

作者云村 ID

王狮子和他的肖兔子

碟 III

啊！

大爱无垠，唯有足底深吻的真情之地属于我，踩牢的才是小确幸……

歌曲▸我和我的祖国

翻自▾李谷一
作曲▾秦咏诚
作词▾张藜
演唱▾王菲

回家的歌

董梦婕

今年除夕夜，新加坡樟宜机场，我穿梭在行色匆匆的人群中，找了个角落停下来，掏出手机发送了一条动态："我要回家好好过年。"

等待时，我观察着候机室中来自不同国家、戴着口罩的人们，不免自怜起来，便扭头看向身旁的玻璃，夜色之中映衬着一个在机场没有抢购到 N95 口罩而失落的我。我百感交集，于是戴上耳机，听起了两个小时前让我热泪盈眶的歌……

临近年关，我结束了忙碌一年的工作，踏上了异国的休假旅程。下了飞机，我换上清新的浅色牛仔裙、白色小凉鞋，欣赏着眼前的美景，忍不住放下背包，在种满棕榈树的沿海坡道上纵情奔跑。在路的两旁，有拿着自拍杆拍照的游客，有三三两两坐在水边聊天的当地居民，看上去一切都清闲舒适。此情此景不知让我放松了多少，仿佛一年的劳累都消散在了东南亚温柔的海风中。

旅程的前几天，我享受着拥有美食和美景的日子，玩累了就坐在大巴车上浏览手机上的信息。可是，一种不知名的新型病毒越来越频繁地出现在我的社交网络里，也出现在旅伴们闲谈的话题里。

“我刚刚看新闻，上面说这种新型病毒人传人，还可能……致死呢。”“这是什么病毒啊？这么厉害？”“叫什么新型冠状病毒？”“现在口罩都不好买了呢。”“不过，咱们身在国外，情况应该没有那么严重吧？”

渐渐地，同行的人们似乎都察觉到了事态的严重性，但又不愿意让坏消息破坏美好的旅行氛围，所以不过简单地交流几句，便上车去往下一个目的地了。

紧张情绪在空气中的传播速度，丝毫不亚于信息在网络上的传播速度。虽然疫情范围暂时在国内，但我在国外的空气中也能嗅到一丝丝不安，那种紧张感竟会击穿屏幕、跨越国境袭来。

随后的几天，手机上布满了新冠病毒的信息，我明显感到朋友以及车上的其他人都有些慌乱。前几天，大家下了大巴都会游览景点，而这几天，一下大巴就都去便利店找口罩了。每个人都担忧着祖国的疫情，不断向国内的家人报着平安，惦念着家人的安康。

在酒店的最后一晚，我在凌晨三点突然醒来，黑暗中摸起手机，看到领导在工作群中提醒大家注意安全、避开人群聚集地的消息。领导还私信了每个人，确认我们的所在地，我回复：“我现在在吉隆坡，已经在便利店买好了洗手液，一定注意卫生安全。今晚坐飞机回家，您放心吧。”没想到，领导深夜里秒回：“路上注意安全。”

我的手，恨不得即刻就握在家的门把手上。我想起了休假前一晚和同事们挥手告别的场面，也想起了出发那天一早妈妈做的粥。我把头蒙进带有酒店陌生气味的被子里，带着思念与不安，闭上眼睛又睡着了。

在闹钟响起之前，我和同屋的朋友不约而同地早早起床了，慌乱地收拾了一大早，大家观赏景点的节奏也变得匆忙。去往机场的路上，车里的声音此起彼伏，无不是我们对回家的憧憬。有个男孩还兴奋地哼哼着不完整的曲调。

坐在大巴尾部的我，刚刚看到新闻：武汉“封城”了，火车站和飞机场都已关闭。我看到这史无前例的“封城”字眼，意识到国内的疫情真的很严峻。此时的异国已经夜幕降临，车窗外，我能看见黑暗中徐退的云彩，以及一排排疾驰而过的路灯。“我们能安全回国，平安到家吗？”我望着光亮背后的大片黑暗，心中怎么也打不着希望的火花。

快到机场了，导游站起来，说：“我们的旅程即将结束，马上要回到我们温暖的祖国了。我们都知道现在国内的疫情十分严重，所以咱们回国的路上可能不会很顺畅，大家一定要注意自身安全。不过请放心，我们一定可以顺利到家的！”

话音刚一落下，前座的阿姨似乎想起了什么，拍拍身旁那个兴奋的男孩，问道：“儿子，你会唱《我和我的祖国》吗？”男孩面对妈妈的突然发问，有点没反应过来。右前座的女孩探出脑袋，望向这边，说：“阿姨，是不是这么唱啊？”她试唱了几句，童声清脆，很好听。

车上的人们都转身看向车尾部，把注意力都投向女孩，对她的歌声赞不绝口。

阿姨的情绪高涨起来。她挺直了腰板，清了清嗓子，亲自示范了几句，温柔动听的歌声引得车上的同伴纷纷鼓掌。这时候，我说：“阿姨，要不，我搜一下伴奏，您和小妹妹一起唱一个？”阿姨大声说“好”，还鼓励我们大家一起来唱。

男孩跳起来，差点撞到放行李的架子，举手说：“我也唱！”阿姨说：“好，那姑娘和我先一人一段，你们大家就接着一起唱。”这时，大巴车上的每个人都认领了自己的歌词。优美的前奏响起来，有人唱歌，有人让我调大伴奏的音量，还有人拍着手或腿打拍子，都加入这场远在他乡的“移动合唱”中。歌声越来越大，我们也配合得越来越和谐：

我和我的祖国，一刻也不能分割，无论我走到哪里，都流出一首赞歌……

不知不觉中，我的眼眶湿润了。去年看电影时，听到这首歌，我是骄傲和自豪的；今天，身在异国，再次听到这首歌，一股从未如此强烈的情感涌上心头，催生出一颗颗珍珠大的泪珠滴打着我的裤子。然而，我发现情绪激动的并非我一人。我们唱着，笑着，又哭着，连日的压力也随着歌声释放了出来。一曲唱毕，鼓掌声、欢呼声响了起来，使我们坚信祖国一定能挺过难关。

历经波折，终于登机。大家在飞机这种密闭空间中，都很自觉，一整晚都戴着口罩，即使呼吸有点困难，也不摘下。平时不习惯戴口罩的我，也把妈妈放我背包里的普通口罩戴了一整个晚上。我就这样怀着紧张的心，彻夜难眠，期待着飞机早点降落。

几个小时过去，晚点的飞机终于安全着陆。滑行中，头顶的广播传来机长的声音："今天是中国的传统节日：除夕。我们在这里祝各位旅客新春快乐！"此时我心想："终于安全回国，终于平安到家了！"

下了飞机，我拖着行李箱，背着包，手里拎着大大小小的袋子，朝在接机口等待的家人飞奔而去。一家人紧紧拥抱，一边互相关心着身体状况，诉说着数日以来的担心，一边走出接机大厅。

我和家人迎着灿烂的阳光，奔驰在宽阔的高速公路上。我说起了旅途中那难忘的一幕，又播起了《我和我的祖国》。我们听着这首已刻在骨子里的歌，带着欣慰驶向不近的家，也带着我们小小个体的大大心声驶向不远的希望。

作者云村 ID
逆袭的小教师

歌曲 ▶ 海阔天空

词曲 ▼ 黄家驹
演唱 ▼ Beyond

风雪与我齐头并进

多娜

每当《海阔天空》响起，我脑海中总是浮现出她的笑脸，那张在他乡给我留下深刻印象的脸庞。

刚参加实习时，我有一天路过护士站，像往常一样看了看检查单，确认没有需要我送检的样本后才下班走人。第二天一早，我来到科室，发现氛围和平常不太一样。护士对我有着莫名的冷漠，严肃、紧张之感瞬间包围了我。我照常做准备工作，带我的老师却对我说：“你完了。”

我习惯了她的冷嘲热讽，撇撇嘴，并没在意，直到领导神神秘秘地叫我去走廊。

“昨天没有需要你送检的样本吗？”领导沉着脸问。我一头雾水地说没有，不禁回忆着昨天下班前的场景。

“你们科室十三床的病人，昨天着急送检的样本一直没到化验室。

昨晚病情恶化，没有检验单，人转 ICU 一直在抢救。”

我脑子“嗡”的一下炸开了，想到昨天好像有一个样本，但护士没说要我去送检。难道是我害了他？但我本能地推卸责任，一边说自己没看见，一边说那是其他人的工作，我不知道。我害怕这会断送我的未来，万一因为这张检验单，他死了怎么办？万一他家属知道这件事，来医院找我算账怎么办？万一学校知道这件事开除我怎么办？我不能承担这个过错！

慌张掩饰后，我离开了领导，匆匆跑到那病人的房门前。推门进去，我看到一个身影，是他年轻的妻子，皮肤黝黑，脸颊泛着红色的晒斑，头发略显油腻，红色格子衬衫和牛仔裤是她的标配。自打我见到她，这一形象就未曾改变过。

我装作没事地拍了拍床，问她怎么趴在这儿。她一抬头，那双红肿的眼睛惊到了我，仿佛下一秒又要泪奔，想必她哭了整整一夜。她张嘴想说什么，却发不出声音，只对我摇了摇头。但她眼神中流露出一丝期待，期待我告诉她她丈夫脱离了危险。

我强忍着内心的愧疚，装作例行巡查一样，查完就走。那一整天，我都提心吊胆的，不停地跑去护士站，看他回来了没有。护士们都知道这件事了，但没人告诉我该怎么办。那时候，我每走一步路，都在后悔昨天没去送那份样本。

我站在电梯里，感受着无助的孤独，闭上眼，脑子里浮现的都是他们夫妻二人。笑呵呵的他们，突然只剩下妻子一个人，蹲在空荡荡的病床前哭泣。我猛地惊醒，电梯已到了负一层。我跑进卫生间，挨个检查所有隔间，确认无人后，才放心地大声哭泣。没想到，现在肆意流泪还要瞻前顾后；没想到，最后的避风港居然是地下卫生间。这时，护士在对讲机里喊我，我只好擦干眼泪，洗了把脸，用袖口擦了擦脸上的水珠，放下一撮刘海遮住眼睛，深吸一口气回了病房。

这样的日子，持续了两天。短短两天里，我仿佛过了一个世纪，每一秒都被无限拉长。直到护士说他脱离了危险，我才松了一口气，但负罪感更深。他本不该承受这些的，都怪我。那晚，我没回宿舍，插上耳机，在这座陌生的城市漫无目的地游荡了一个多小时，都快迷路了。

漆黑的夜幕中，仿佛有几颗星星在闪烁。可没过多久，它们隐没了，雪花飘来。我在路边的板凳上坐了许久，脸颊被风吹得刺痛，双脚也冻得没了知觉。

今天我，寒夜里看雪飘过，怀着冷却了的心窝漂远方……

耳机里的歌格外应景，即使遭到冷眼与嘲笑，时而会跌倒，也要为了理想而继续奔波。

当眼泪再次滴落时，我突然觉得自己好幼稚，一个人在黑漆漆的大街上哭有什么用，能解决问题吗？我赶紧站起来，拍了拍身上的雪，却错过了回宿舍的最后一班公交车。那晚，我返回医院，绕过病房，在压抑的储藏室里睡了一觉。

困难就像飘雪，它缓缓地到来，令赶路的人措手不及。如果被一次挫折压垮了，追求梦想就只是虚言。人总要长大，自己承担责任，自己检讨错误。

从那之后，北京的雪似乎比以往下得更大。我成了他的专职护士，每天一到医院先去看他，有空就和他妻子聊聊天，但我难以直视他们夫妻二人的眼睛。从 ICU 回普通病房后，他剃光了头发，每天早上都由妻子帮他擦身。我看到了，也会搭把手，试图以此减轻我的负罪感。

他家条件不好，两人到大城市谋生活，想赚点钱再回老家。多年来打拼而来的积蓄，这次也尽数投给了这场大病。其他病人的床头总摆着鲜花和果盘，他的床头却只有馒头和榨菜。

从他们身上，我看到了自己。刚到这个陌生的城市时，没看到一丝希望，总是在清晨五点与一群上班族挤公交，跟别人提起这事，也不过得到一句“这有什么，大家都一样”的回复。我亲眼看到，一个女孩被进站的公交车撞倒，却爬起来继续往车上挤。我也曾因为慢了一步，被挤在车门口动弹不得，而身上的挎包却没能和我一起上车，卡在了门外。我死死地拽着它，生怕里面的包子会离我而去。

原谅我这一生不羁放纵爱自由，也会怕有一天会跌倒……

流泪不能解决问题，后悔也不能解决问题。人都会犯错，但我希望这次是我最后一次犯错。于是我开始祈祷，希望他快点好起来。

在妻子的精心呵护下，他浑身上下没有一处压疮，顶多微微发红。而旁边的床位上，一位老奶奶被三个儿女一起照顾，身上还是有溃烂。我们早上查房时，他妻子也不用护士换床单和被套，只是偶尔会悄悄地凑到我身旁，说："小姑娘，给我一个干净的枕头套行吗？"

每次我帮她换床单，她总会不好意思，觉得麻烦我了。她的每句"谢谢"都会让我一阵酸楚。实习那段日子，我总被人喊"服务员"，还在电梯里被不讲理的人动手打过，而她的态度总是和善的。可我仍没有勇气告诉她，是我的失误导致她丈夫病情恶化的。

更要命的是，她丈夫的状况时好时坏，每当恶化时，我总是躲得远远的，生怕听到坏消息而我的过错也被一并抖出去。妻子的气色越来越差，她不再相信医护人员，开始抗拒治疗，甚至推搡输液的护士，说给她丈夫输的液体里有绿毛，是坏了的药。没人愿意给他扎针配药，而我主动承担，甚至放弃调休，专门照看他。如果这绵薄之力能弥补我的过错，我宁愿她呵斥我，推搡我。可时间长了，她也开始对我冷着脸，说我给她丈夫偷偷扎了很多针，还说这个病房风水不好，要我给他换床位。

那段日子里，我不止一次听到她在水房里的哭声。我的心田被她哭成了心湖，她站在湖边一滴一滴地注入眼泪，稍有不慎就会跌入湖中。

她在医院哭，我在被窝里哭。她把眼泪倒在湖里，而我把湖里的眼泪倒在被子里。蒙着被子，捂着嘴，戴着耳机听着音乐，这般几近窒息的酸楚每个人都尝过吗？没办法，宿舍还住着其他人，我不能因为自己的伤痛而打扰别人。

可喜的是，当我还剩两天就结束实习时，他出院了。那天天气很好，路上的积雪在消融。我目送他们拎着行李离开，妻子回过头来，对我笑了笑。黑皮肤，红色格子衬衫和牛仔裤，依旧标配。

我会永远记得她的笑容，默默地祝他们生活幸福、无病无灾。

那段经历，告诉我这个职业是多么需要严谨的态度，连一张小小的纸片都关系着一个人的生命。海阔天空会有时，只不过风雪在这之前会更肆虐。

我向领导承认了错误，写了一份像是道歉信的检讨书。然而，领导并没有处罚我，说我只是实习生，犯错是正常的。领导也没有告诉校方，只是说："希望你以后好好工作。"

"我会的。"

作者云村 ID

Donna–doona

歌曲 ▸ 云烟成雨

作曲 ▾ 少年佩
作词 ▾ 墨鱼丝
演唱 ▾ 房东的猫

相　　遇

阿婧

关于阿北

我第一次遇到她时，八月的杭州正下着大雨，晚上十点的地铁里潮湿又拥挤。但我无比清晰地记得，她穿着一条红色格子长裙，是那趟地铁里唯一的一抹亮色。

她随着人流徐来，背着大大的白色帆布包，一手拿着长柄红色雨伞，一手握住连着耳机线的白色手机，一头瀑布似的长卷发落在腰间，脸颊一旁的发丝别到耳后。她走进车厢，靠在座位旁的栏杆上，直愣愣地盯着地铁上的电视屏幕，而我直愣愣地盯着她。我耳机里的《云烟成雨》正好播放到：

我多想再见你，哪怕匆匆一眼就别离……

好像一切都是正好的样子。

往后的好几天，我都会在十点左右遇见她。她的裙子，前天是绿色的，昨天是蓝色的，今天是鹅黄色的，都是炎炎夏日里明晃晃的颜色。

遇到她的第十天，我终于鼓起勇气，在她旁边坐下，小心问道："你好，可以认识一下吗？"她羞涩地转过头去，愣在那儿。等她回复的十秒里，我仿佛又变回等待高考放榜时的自己，如坐针毡，内心万马奔腾。好在她转了回来，看着我，笑开迷人的红唇，露出洁白的牙齿，说："好啊。你好，我叫江露。"我尽量让自己保持平静，说："我叫郭北，你叫我阿北就好。"

自那以后，就像约定俗成一样，我和江露会在地铁里相遇，一起互诉着生活的种种。江露很爱笑，总是一副笑眯眯的样子，笑起来时酒窝很深，很好看，起码在我眼里很好看。江露的皮肤很白，她很少化妆，只是每天会穿不同颜色的裙子。

可秋天来临时，江露忽然消失了，就像从未在我的世界里出现过一样。晚上十点的地铁里不再有她，不再有明丽的颜色，也不再有那般闪耀的时刻了。人们都已穿上了长袖，我也如此。出地铁时，我会缩起脖子打个冷战，没了夏日的热浪，真有点儿不习惯。我忽然想起来，江露说她只属于夏天，就像白露只属于清晨一样。有人只属于一个季节，等到下一季时，就会沉沉地睡去，直到属于她的季节再次来临。

第二年，在夏至的晚上十点，我再一次遇见江露。她看起来和去年夏天时别无二致，唯一改变的是她裙子的颜色，今天是墨绿色的。她笑着和我打招呼，亲切如昨晚刚见过面似的，我的心忽而加速跳动。

有些人的相遇，就像一场梦。你们或许素不相识，却已是老友了。世间纷纷扰扰，许多相遇已是被上天眷顾的。对于在特定时间出现的那个特别的人，你可能会心动，也可能依旧陌生。可不论如何，她都属于那个时刻。就像我遇见江露一样，她会出现在夏夜十点钟，以后很多年她也一如既往地出现在那个时刻。生命如此之长，相逢如此之短，遇见一个人往往会全然不顾，很难在意她现身之外的模样。

两个人的相遇，从来不是平凡的，除了心动，还有无法言喻的情愫在深埋的心底骚动。最好的人与事，总会在抬头那不经意的一瞬间闪现。不管我们身处何方，或者和谁在一起，最心动的依然是那个人，特别是她还似曾相识。

我会继续等待你，江露，等你出现在下一个夏至，带着一身夏味而归。

关于江露

我属于夏天，就像白露属于清晨一样。只要天气一冷，我就全身刺痛，寒意四起。在秋天和冬天，我只能待在温室里，全身变得干枯，毫无生机。我没有办法去改变自然法则。秋天一来，我便开始三个季节的蛰伏，直到来年夏天才恢复生气。

我每天穿着不同颜色的长裙，留着过肩的卷发，不知是不是阿北喜欢的模样。但我知道，顾念的样子定是阿北喜欢的模样。顾念是阿北的初恋，也是他迄今的唯一。顾念就留着长卷发，穿着长裙，后来她出车祸走了，阿北从她的屋子里带走了我。那时，我只是一株花苞，还未开花。阿北把我放在窗台，每天浇灌。我知道我只是他的念想，是他唯一能看见顾念的念想，日日夜夜。除了上班，阿北很少出门，整个屋子都很安静。他只会平静地吃饭，平静地喝酒，平静地照料我，偶尔会喃喃自语，可是我听不清他在说什么。唯一不变的是，他每晚依旧会写日记，就像当初顾念还在的时候一样。

夏天来了，我绽放了，也可以走动了。我尽量把自己打扮成顾念的样子，每天变换着颜色各异的裙子，可是阿北并没有注意到我。我把头发散下来，把长长的头发卷成顾念那样。那一晚，杭州下大雨，我像往常一样沿着阿北走过的路远远地跟在他后面，小心翼翼地。可是那天地铁人很多，我被人群挤来挤去，差点儿跟丢了阿北。惊喜的是，我感觉到阿北好像注意到了我。在第十天，阿北竟然和我说话了。

我和他的相遇，除了温情，没有掺杂别的。我想以这般模样时时守着他，但上天仅成全我一年一个季节。我感伤，却不该感伤。最好的人与事，只要岁岁平安，即便生生不见，也无所谓。我想顾念也是这样想的，所以不是阿北带走了我，是顾念把我送给了阿北。然而现在，没有顾念，只有他和我。

阿北出门时，我没忍住，翻开了他的日记本：

2019年6月21日：你离开整整180天了，你留下的月季已经开花了。今天我似乎看见你了，想起和你初遇之时，就像是《云烟成雨》中唱的，“街巷初次落叶的秋分，渐行渐远去的我们”。但这一切并没有云烟成雨，我始终觉得她是你带来的，她那么像你，和你一样从夏天来，又让我在秋天爱上。可生命如过场电影，我宁愿在这次甜梦里惊醒。

2019年10 月30日：她不见了，和你一样。你说的晚安，依旧是我下意识的恻隐。

2020年6月21日：今年夏天来得格外早，她也来了，所以是你来了么？

我拿着日记本，微微颤抖，本子掉落在地上。其实我原本清楚的，我就是阿北思念顾念时的寄托，只是我太贪心了。我想和他一起拥有路灯下手手相牵的剪影，想和他一起听他耳机里的《云烟成雨》，想再见见他。虽然我最后只能化作淤泥，但我仍想在他的心里拥有一个位置安放自己。

只是现在，我更清楚了，我是顾念留给阿北唯一的寄托。不过没关系，我会像当初顾念守着阿北一样，悉心地守着他。夏天以外，我会用干枯的枝丫努力地守在窗台上，等着他风尘仆仆而归。

有人说，我们见到的太阳是八分钟之前的太阳，见到的月亮是一点三秒之前的月亮，见到的一千米以外的建筑是三微秒之前的存在。那么即使你我仅一米之隔，我见到的也不过是三纳秒之前的你。唉，我要跑到多远的地方才能再看到多年以前我深爱的阿北呢？

我想见阿北，时时刻刻想见他，可我没法子，我只属于夏天。我想趁自己还活着，趁记忆还能将过往浮现，趁时光还没有吞噬我的思念，好好地守着阿北，希望他开开心心，快快乐乐。我不敢奢望再多，因为我只是阿北窗台上的月季花。

阿北，你说，你会不会在下一个夏至到来之际再次遇见我？若是见了，我恳求落叶的秋分来得晚点儿，再晚点儿。若是不见……

只要你岁岁平安，即便生生不见，我也愿意。

作者云村 ID
余温咕噜

歌曲 ► 十年

演唱 ▼ 陈奕迅
作词 ▼ 林夕
作曲 ▼ 陈小霞

宁　　仔

幺幺久

"117" 的主心骨

十一年前，我离开山西，到湖北上大学。

报到那天，认识了来自东北的宁仔。我还记得，推门进宿舍，迎面见到一美男，玉树临风，眉目含情，皮肤白皙如玉，一头自然卷发在阳光下乌黑亮丽。宁仔和我热情地打起招呼，大大咧咧，丝毫不显初见的生分。在他的影响下，宿舍八个人，成天打打闹闹，团结无隙。因为大家都喜欢陈奕迅，喜欢《十年》，所以一熄灯，我们就恶作剧一般大声歌唱，全楼就数我们宿舍最热闹了。宁仔人格魅力极大，由此，他成了宿舍的主心骨。开学后不久，他竞选成为班长，在他的鼓动下，宿舍还有四人也当上了班级干部。此后，"117宿舍"名声大噪，宁仔也逐渐变成人们口中的"宁哥"。

二〇一〇年刚刚开学，大家拿着压岁钱回到学校，计划着海吃一顿。我问大家喝酒吗？如果喝,我“山西酒王”一喝七。此话一出，宁仔第一个不服，大声道：“‘东北酒王’在此，何人敢如此大胆?!”其他六人也纷纷表示不服。我说好啊，今天咱哥几个就喝个高下，看看谁是“117 酒王”!

买好酒到宿舍，一箱下肚后，就剩我和宁仔了。那就分胜负吧，两箱过后，没酒了，又搬来四箱。喝着喝着，两人聊了起来，我谈起了过去的经历和我的父母，宁仔和我畅想了他的未来。结果聊到后面忘了计数，商量一番后算作平局。我躺下就要睡觉，宁仔拉起我说不行，这样睡觉，万一半夜反胃人没醒来，就溺死了！咱俩各自抱个盆睡吧。我一听觉得有道理，他一个脸盆，我一个水桶，趴着就睡着了。

确实喝多了，才会有这种傻子想法。亏了舍长起夜时看了眼盆里的人，不然宁仔就脸朝下淹死在自己的呕吐物里了。

那天的畅谈，让我们两人成了推心置腹的朋友。宁仔家里不算富裕，所以他很勤奋，拿下一等奖学金，还在外面做兼职，教小孩子数学和英语。和小朋友们相处久了，宁仔越来越阳光、温柔，学校里的女孩子打趣道，宁仔就是“下凡的太阳”。他经常在夏日夜晚扯起我去夜跑，或是去图书馆学习，与我计划着，要考研、读博，一起成长，一起拼搏，陪着彼此一起接新娘，有了孩子就互为孩子的干爸，一辈子相伴到老……

六月初，宁仔接到通知，说他父亲来看他了。宁仔很兴奋，拉着我们说带我们见见“酒王”他爹。我在想，如此阳光的男孩子，他的父亲得是个多么温暖的人啊！

然而这一面，把我与宁仔学生时代的交集狠狠撕扯，直至彻底扯开。

子与父

后来，我考研失败。父亲建议我出国，我选择留下，留在了养育我的晋北大地。

和朋友们去唱歌，习惯了大学时候八个人一起唱的《十年》和《单车》等老歌。酒喝多了，唱着唱着就总会想起宁仔，那个温暖帅气的小伙子；也总会想起，那个阳光明媚的日子里，宁仔走在中间，宿舍的其他七人簇拥着他的情景。

远远看到宁仔的父亲，一样高，一样帅，自然卷儿在阳光下闪闪发亮，只是显得有点羸弱。周围还有些看上去很“社会”的人。我暗自想，原来宁仔父亲还是个大哥大！亏了没把他儿子喝坏啊！

宁仔的父亲，老宁，笑着和宁仔介绍着他身边高高壮壮、文着麒麟臂的男人。

“儿子，这位是阿龙哥，快打招呼！”

后来，我总会想起那个高高瘦瘦的男人，当着自己儿子的面，在众目睽睽之下，双膝跪地，双手合十，求着别人说：“再宽限宽限我吧！我儿子真的很聪明，他会挣大钱的！”

我不知所措，看向宁仔，他愣在原地。而后，他像头野兽，咆哮着冲向那群人。我没见过那样的他，甚至都没见他发过脾气。他冲向那个阿龙，攻击似暴风骤雨。可死死抱着宁仔，任由那些人拳打脚踢的，是宁仔的父亲。

我们冲进人群，拉出宁仔，把他护在中间。那个阿龙，指着宁仔，说："再不还钱，暑假后就别来上学了，替你爸给我干活！"

老宁被拽上面包车拉走了，留下滚滚尘埃，以及被团团围观的我们。

宁仔变了，那是意料之中的。意料之外的是，他只是变得不爱说话，却依然不停学习，只字不提那串天文数字。家教那边干不下去了，家长们不敢再让他接触孩子。那个期末，全班第一依然是他。

我们其他人凑了钱，杯水车薪，但已是大家的极限。他向我们鞠躬、收下，放假离校前悄悄地把钱塞在我们各自的行李箱中。

分别时，他对我说，后会有期。就在那个假期，我们与宁仔失去联系。突然有一天，我看到新闻，那个阿龙，那个老宁，一个被害，一个自缢。报道说，那个手无缚鸡之力的老宁结束了那个强壮如牛的阿龙的命。

酒杯中的太阳

后来，宁仔再也没回来，"117 宿舍"的神话就此结束。《十年》，再无人唱起。

二〇一八年冬天，我因工作调整，居住在成都。酒局比公司的大小会议都多，各种各样的馆子、地摊，辣椒吃得多，酒也喝得多。到了夜里，胃疼得像是被人用刀划过。很多次想结束这种生活，却不甘这样离开。

有一次，我们在一排地摊中喝酒。客户想喝倒我而力不足，看到旁边桌坐着替酒的大胖伙计，掏出五百块钱，让他喝倒我。我转头看了看这个人，目光交织那一瞬间，我手里的杯子滑落，心脏像是被一颗子弹击中，随着玻璃渣子碎了一地。

这是宁仔？没错！把脸上的疤去掉，把头发留长一点点，把体重减一减，在浑浊的眼里涂上一丝丝光芒的话，他就是我认识的那个宁仔！

客户说，我怕了。我确实怕，很害怕。宁仔却笑得很开心，说："来吧来吧！大家给数着！今天我'东北酒王'就和你好好比比，看看'酒王'这个名号到底属于谁！"

白酒若是掺了水，会变得十分辛辣；若是掺了泪，会变得苦涩不堪。

我不知道他在这里待了多久，喝过多少。他一手扶着椅子的靠背，一手撑着桌子，碰杯子的时候习惯性地举低一截，仰头，一饮而尽，低头，闭着眼，使劲吞下苦酒，稳住身子，慢慢地睁开眼，定睛，听着街井的喧哗，笑，那种奉承的笑，那种没有一丝情感的笑。

我告诉其他人说，我醉了，不能再来了。宁仔收到客户的钱，客户又多给他二百，说喜欢看他笑，让他再喝一杯。宁仔仰头喝掉，紧接着轰倒在桌子上，就像过去一切有关于他的记忆，被抹杀了一样。

一切结束。我送他到家时，他也彻底醒酒了。他家在一栋楼的顶层，一间旧水房改的房间。他在这里结婚，离婚，留下一个女儿。

“姑娘小学一年级了，很懂事，比我小时候还爱学习。”房间里摆着两张床，暖风机安静地吹着。他的女儿小宁睡得很甜，微微带卷的黑发轻轻裹着泛红的脸颊。

怕吵到小宁，我们到天台，吹着湿冷的风，各点了一支烟。我问，为何不好好找份工作呢？

“警察在找我。”

烟头的火星，在风中忽明忽暗。我深吸一口，看着远处繁华的城，说：“我给你多留点钱，缺钱就跟我要，就当是给小宁压岁了。”

宁仔笑了，说：“我什么时候要过你的钱？以前没有，以后也不会。”他吸了一口烟，又吐了出去，“我这几年喝酒挣了不少钱，都藏在屋里呢。你一会儿走，别和任何人说见过我，不过……”他看着我，眼中再现了久违的光芒，还多了一丝湿润，“亏了能见到你。这几年藏着，我只担心一件事。万一哪天我出了事，你就拿着那笔钱，帮我照顾几年小宁吧。”

我们相视无语，如此默契，如此难受。

二〇一九年，宁仔喝酒的地方有两拨人打架，一只酒瓶砸晕了宁仔。他被警察救走送医，却曝光了身份，继而被送回东北。

我辞去工作，带着小宁回到家乡，送她去学校。老师和我说，从来没见过这么懂事的孩子。而我却更希望，她不懂事而像个孩子。

周末，我带她去公园，去图书馆，买了很多衣服，就像是自己的女儿一样。我父亲教她书法，带她画画，给她讲《红楼梦》和《雍正王朝》，当她是亲孙女一样。

小宁喜欢陈奕迅，爱听《十年》，说她爸爸以前常听这首歌。我鼻子一酸，那些年，宿舍里澎湃的歌声再次萦绕耳边，而那个被称作“下凡的太阳”的男孩唱得最大声。

作者云村 ID
conti 故事细腻

歌曲 ▸ 万爱千恩

词曲 ▾ 王琪
演唱 ▾ 王琪

迁徙的母爱

素面凡心

一晃怀二胎三个月了，我被早孕反应折磨得头昏脑涨，恶心呕吐，虚弱无力。闺蜜前来探望，试着做了鸡翅和炸鱼，略带责备道：“你啊，真是好了伤疤忘了疼。”

是啊，怀一胎时，我生活都不能自理，要不是我母亲帮衬着，孩子都难养大。当时，我说打死我也不生二胎了，结果才四年就又怀上了。看我一脸无辜，闺蜜话锋一转，说：“我当然替你高兴，可阿姨年纪大了，又在给你弟带孩子，你侄子才半岁吧？你自己可得提前做打算啊。”她有所不知，我的二胎计划“蓄谋已久”，只因母亲回沈阳了。虽然她不在我家，而在离我家一个半小时车程的老弟家，但只要我的二宝贝一出生，母亲定会不顾一切地扑过来。有时，我也不想再依赖母亲，但这么多年，我和弟弟，还有两位姐姐，显然被母亲“宠”惯了。并且，我们没有勇气去拒绝这份厚重的母爱，至少我是这样的。

一个人在家时，我会躺在床上保胎，一边凝视着窗外纷飞的柳絮，一边听着《万爱千恩》。这首歌是弟弟在年前向我推荐的。他说一听这歌，就想起了全家人过去的苦日子。我当时一口回绝他，说："行了行了，别听。人都往前看。"弟弟是个怀旧又细腻的人，我不想他听伤感的歌而难受。可他不听劝，还自顾自地哼唱着。当听到歌里的父母之爱时，我也一阵酸楚，仿佛一瞬间就喜欢上了这首歌。现在一个人听，我也像弟弟一样怀起了旧，泪光中闪现着我那白发苍苍的老母亲。

二十五年前，四十岁出头的她靠卖菜独自撑起一个残败的家。在父亲病逝的第七天，我们四姐弟还没缓过神，就被她一个个地撵回学校上课。随后，她自己蹬着男人才能驾驭的倒骑驴三轮车，回到菜市场的摊位上继续卖菜，只为给我们赚学费、杂费、生活费……各种费。可一连数日，我放学后路过市场，都听不到她以往洪亮的吆喝声，只见她忙碌的身影送走一批又一批顾客。

当别人以为这个家快垮掉时，在她的强撑之下，我们的生活逐渐回归正轨。斗转星移，我们四姐弟陆续考上了大学。我记得自己启程那天，天还未亮，她便骑着那辆硕大又寒酸的倒骑驴，将我送往求学的列车。她怕我坐在栏凳上冷，就用盖菜的破被把我围上三层。到了火车站后，她怕给我丢脸，便连人带那倒骑驴停在老远处，一边向我挥手，一边拉着泪。列车启动了，她又伴随着汽笛声奔向批发市场，和一群力大无比的男人抢着最便宜的菜，不抢个三四百斤誓不罢休。寒风中，渴了，喝口自来水；饿了，三四个馒头蘸着大酱吃。认识母亲的人，在她送走小儿子上大学后，无不惊叹，究竟是什么力量支撑她丧偶后，在黑洞般的破房子里独自拉扯四个孩子近十五年呢?

大学毕业后，我们陆续组建了自己的家庭。我出嫁前夕，母亲独自哭了一宿，第二天在婚礼上红肿着双眼，却开心不已。不舍还是高兴？或许都有吧。多年来，她已习惯了离别，习惯了坚强。

两年后，她去大女儿家伺候月子和外孙，便开启了“迁徙”的日子。谁都知道带孩子有多累多苦，只有她觉得甜蜜又幸福。又是两年，二女儿的孕事“拆散”了她和形影不离的大外孙子。她不得不忍着离别之痛，坐上开往北京的火车，一面牵挂着外孙子，一面担心着二女儿。二姐说，母亲刚到北京时每天都乐呵呵的，就是眼睛肿着。直到大外孙子适应了没有姥姥的生活后，她眼角的红肿才消去。母亲放心地待在二女儿家，看着外孙女一天天长大，倍感欣慰。

可惜安稳不长，外孙女刚满二周岁时，身为三女儿的我就怀孕了。我刚一住进医院，她就几乎同步地下了火车，直奔医院陪产。伺候我和她小外孙女的疲累，残酷地吞噬着她的健康，但她总是心满意足地笑着。她认为每个女儿的孩子都能伺候到，才是她最大的骄傲。

可我们姐妹们似乎太过“自私”，从未真心疼过辛劳的母亲。不到一年半，二姐又生了二胎，是个儿子。此前，说好不再回北京的母亲，带着对我的“亏欠”，义无反顾地踏上了回京的列车。在她的观念里，她不愿让保姆或钟点工“篡取”属于她的那份职责，只要不给孩子添乱，就该倾尽全力去付出，不能有丝毫保留。当然，在北京的日子里，她还盼着刚刚新婚的小儿子早一点要宝宝。

可是母亲啊，你这一生都在用健康换取我们儿女的幸福。你的身体越来越差，你可知道？你是否也在渴望着孙子快快降临，到时候你就彻底落脚安稳了？终于，在去年七月八日，小儿子和快到预产期的儿媳把她盼回了家，要结束她迁徙的生活。在儿子家一边带小孙子，一边安度晚年，这是我们四姐弟共同的期待。可谁都没想到，我又把母亲“算计”了。

每天，我都忍着剧烈的反应向妈妈报平安，以免她牵挂。吐了，躺下，听歌，落泪……循此往复。

“丁零零！”门铃响了，爱人去开门，把母亲和弟弟迎进来。母亲一进屋，就拎起水果、青菜和剁碎的肉馅向我展示，然后马不停蹄地包饺子，冰箱冷冻室塞了满满一抽屉的饺子。她忙活完，凑到我耳边，悄悄地说：“你放心，妈肯定给你伺候月子，带孩子。你好好养胎啊。”还没等我反应过来，她就转身走了，赶回去照顾最近过敏的孙子。他们走后，爱人赶忙煮出一锅热气腾腾的饺子。我爱吃饺子，可现在一个都吃不下。母亲在路上打来电话，问我饺子好吃不。我撒了谎，说：“好吃，妈，我吃了很多很多饺子，放心吧。”放下电话后，我咬咬嘴唇，含着泪，吃下一个饺子。

父亲和我们四个儿女，让她一辈子都沉浸在离别之痛中。每个孩子都想让母亲留在自己身边生活，可母亲像是习惯了迁徙一样，四处奔波。对于我们来说，有妈的地方就是家；而对于母亲来说，哪里有需要就是家。

都说养儿养女为了防老，可你总说自己过的挺好，辛辛苦苦把我养大，我却没在你身边尽孝……

再次听到这歌，我破涕为笑，笑自己到了该尽孝的年龄，却还在“啃老”。我似乎看清了自己的真心，不过是怕自己这里不是母亲的驿站，得不到母亲的爱。

其实啊，迁徙的从不是母爱，而是母亲。她给我们儿女的爱，都是均等的。不然，她也不会如此奔波疲惫。那天，她留下承诺后匆匆离去。现在，我终于反应过来了，我决定放下心中的小算盘，告诉母亲：“妈，我这腹中的胎儿，不需您再操劳。女儿我长大了，我能行！”

作者云村 ID

素面凡心

歌曲 ▸ 挪威的森林

词曲 ▾ 伍佰
▾ China Blue
演唱 ▾ 伍佰

那里湖面总是澄清

明月

印象中上一次听伍佰的《挪威的森林》，是在半年前的一个雨天清晨，在校车的广播里遇见它。车上只有零零落落两三个学生，无人说话。悠扬的节拍飘入耳中，落在心上，连同敲击在玻璃窗上的雨珠，路旁高大湿润的梧桐树和朦胧水汽，勾起了我些许温柔的情绪。虽然持续了五分钟——坐在校车上的五分钟，但当时我很快就忘却了。

这个假期过于漫长，因为热播剧《想见你》的缘故，我便又将伍佰的所有歌找出来听，其中就有这首《挪威的森林》。伍佰老师的词曲很美，我的音响一遍遍放着这六分半的歌，音乐太温柔，我不知为何，湿了眼眶，恍惚中又回到了本科时光，阴阴夏木，纷飞落雪，当时肆意挥霍的岁月终究是一去不复返了。

对我来说，十八岁之前的日子过得很慢，慢到每一个破碎的片段在我的记忆中都无比清晰；十八岁之后的日子却过得飞快，快到我甚至不相信自己快要二十四岁了。我总是觉得自己才二十岁，还有很多很多书要读，很多论文要写，很多作为学生的日子要过……

本科读的文学院是全国最好的文学院之一，我所接触过的每一位老师几乎都饱读诗书，才华横溢，还带有一丝文人的清峻骨气。在这里，我博览群书，在老师们的潜移默化下，逐渐养成了平和谦逊的性格，也思索着自己想要成为怎样的人。可因为在保研考试中发挥不佳，我没能留在本校读研，而去了另一所名校的文学院。得知这个结果后，我很平静，没有掉一滴眼泪。留给我告别的时间太长了，几乎是整个本科生涯的四分之一，那一点点细微的伤感也被时间冲淡了。

毕业之后，我曾经笑着问过母亲："虽然是离开了，但我没有感到一丝悲伤，反而更加憧憬去 C 大的新生活。C 大那么大，总该不会像师大一样上课下课人挤人吧？"

我与师大的缘分是高考前便定下了的。按我平时的分数和排名，和师大同等级的学校里有另外两所我是更喜欢的，可自主招生时北大、清华、复旦、南大的名额都被成绩更好的五六个同学选光了，于是师大便落在我头上。高三的寒假，我第一次去参观师大，只记得寒风呼啸，草木凋零，后来在教八楼考了数学和语文笔试，结束后坐在教九小花园里吃盒饭。离开校园时，我想："我应该是有机会再来第二次吧？"果然一个月后，来到教九楼做心理测试和逻辑推理。第二天去教二楼参加面试，再去体育馆做体质测试，全部考完后真是松了一口气。后来，我又来了第三次，而且一待就是四年。

想不到的是，在得知自己会离开时没有难过，在去领毕业证书时没有难过，在车站送别室友时也没有难过，而是开开心心地去C大读研。在这个“赋闲在家”的春日里，反而更多地回忆起在师大的四年时光，不禁自问：“我真的不曾难过吗？”

四年的回忆太多太多了，那些我曾不以为然的琐碎在生活的沉淀中成了可观不可触的璀璨珍珠。主楼前的黄色郁金香，教二的红色虞美人，教九门前直入云霄的泡桐，爬满操场围栏的蔷薇花，清晨食堂热气腾腾的油条豆腐脑、方便面荷包蛋、甜豆浆和酱肉包，小花园的英文晨读，一段段反复练习录下的口语音频作业，教八的百人早课，图书馆一排排的书架，傍晚和朋友的散步，教工超市的美味点心，科技楼的计算机考试……看啊，哪有什么值得我难过？

在毕业典礼的前一晚，我和最要好的两个室友，在学校东门的小餐厅吃了散伙饭。其实在这四年中我们约过很多很多次饭，中文系学生在餐桌上不论从何聊起，最终都会落到文学上，就算是吐槽也可以犀利又风趣，比如抱怨留作业多的老师，抱怨读不懂的书，抱怨憋不出一个字的论文……但那天晚上，我们每一个人都有一点羞涩和拘谨，就像四年前我们第一次在寝室相见那样。坐在主楼的台阶上，我们慢慢喝着果酒，故作坦率地聊着天，聊我们深爱却从未夸赞过的文学院，聊我们今后可能的生活和梦想，相互鼓励，约定要一直自信，要努力做一个自认为出色的人。那天晚上，星光寂寥，主楼前的盏盏路灯却格外璀璨，照亮了夜晚中的木铎，也照亮我们眼中对母校特有的温柔。对！我找到了！就在那个时候，微醺的醉意掩盖了一丝情愫：我对她是不舍的，那种让鼻头泛酸、眼眶湿润的不舍。

在许许多多我没有在意的时光里，《挪威的森林》会偶尔徘徊在我周围。在一次次的单曲循环中，我很少回忆已经逝去的一两段感情，却多次想起已离开两年的师大。我是她的渺小云烟，她是我的似水年华。时至今日，我依然保留着本科时形成的一些习惯，看书，写作，工作，弹琴，画画，散步，尽量做到待人接物中正平和，好好说话，控制情绪。

在本科毕业时，我的室友曾写下这样一句话，颇有调侃的意思："师大将永远伟大，我却依旧平庸，这没什么不好承认的。"虽是调侃，但也是事实，师大太好了，文学院尤甚，"那里湖面总是澄清，那里空气充满宁静，雪白明月照在大地"，借用伍佰老师的歌词形容恰如其分。

《挪威的森林》缓缓漂浮在我的房中……人生之路，道阻且长，我亲爱的母校，希望我能始终在你眼中完美无瑕。

作者云村 ID
兰泽多芳草 orchid

歌曲 ▸ 不像个大人

演唱 ▼ 张惠妹
作词 ▼ 王中言
作曲 ▼ 柯贵民

对！我喜欢你

喵小姐

午饭后，我看到儿子廿一自己在床上玩着玩着就睡着了，而且睡得很香很甜的样子，于是忙里偷闲，整理一下书柜，无意之中翻到了我的日记本——“3 YEARS DIARY”（三年日记）。打开一看，里面竟然还夹着一封信，拆开后才发现是我很久以前写的。

我清楚地记得，这是我一边循环播放着《不像个大人》，一边写的信。后来我就要求收信人读信的时候，一定要以这首歌为背景音乐。因为音乐不仅可以传递我难以描述的情感，还可以更好地表达字里行间的情愫。我掏出手机，播放这首歌。随着音乐响起，我的思绪也跟着飞到多年前的那个五月……

那时，没有盛夏的灼烈与浮躁，只有恰到好处的温暖。收信的人，我叫他五毛先生，很奇怪的名字，是吗？也不知道怎么的，就是每次和他在一起的时候，我总能捡到五毛钱，不论纸币还是硬币。当时就觉得特别神奇，也许五毛钱是因他而出现的，不然为什么我一个人的时候就不出现呢？

我承认爱，美在未完成，美在曾经发生……

二〇一七年四月二十八日，我大四，即将毕业，返回南方工作。五毛先生，纯种北方大汉，专升本第一年。那是我们第一次正式认识，让我对“一见钟情”有了深刻的亲身体会。五毛先生，个子高高的，不胖不瘦，皮肤偏黑，长相不帅，但也不丑，看上去很舒服。那天，我们几乎把校园情侣该有的简单浪漫都尝试了一遍：一起去了很有情调的餐厅吃饭，一起到公园边走边聊，一起去电影院看电影，一起逛校园，一起走到我的宿舍楼下……那是我第一次和异性独处，竟能待上整整一天，也是出乎我的意料。接下来的日子，只要我一有空，就会约他一起，重温第一天的故事。不得不承认的是，当初自己确实有点私心，想在毕业之前，谈一段校园恋爱。

五月十九日，我经过强烈的内心挣扎，主动向他坦白：“五毛先生，我想我不能和你继续这么见面下去了，因为我怕我不能控制自己喜欢上你。对！我喜欢你。所以我建议我们有事没事都不要再联系了。”其实，我们心里都很清楚，我还有不到两个月的时间就要毕业了。毕业后，我一定会回到南方工作，因此当时我的表白只是为了让自己理智一点。听我那么一说，他愣住了。也许是被我的主动表白吓到了，也许是因我的请求而感到意外，甚至有点莫名其妙。可他还是同意了“分手”，他说尊重我的想法，然后送给我一句话：“江湖路远，有缘再见。”

五月二十日，对，我还是没能控制住自己的喜欢。我内心里有着一个强烈的声音：“你越不联系他，就是越想联系他。不要逃避，也不要害怕，趁现在还能见面。”于是我决定联系他，发消息的时候，却不知道如何开口。我在操场上走啊走，转啊转，最后发去一条消息：“你在哪？”不一会儿他就回复了：“在宿舍，有事吗？”我当时也没多想，就回复：“哦，没事，就是看今晚的月亮挺好看的，想约你出来赏月。”可消息发出去后，我就后悔了，因为那晚的月亮一直躲在云后。你看，陷入爱情中的人，这智商真是堪忧啊！连谎言都如此拙劣，秒秒钟就能被拆穿。然而，五毛先生很配合我的表演，我们默契地假装“分手”之事从未发生过。见面后，我们没有赏月，只是闲聊，聊了些什么记不大清楚了，只知道彼此都非常开心。

你能给我的并不多，然而一切很值得……

第二天，我们很是默契，谁也没有联系谁。突然有那么一刻，我觉得自己失恋了，只记得那天是五月二十一日，大家都在说“我爱你”的日子，而我只能在被窝里睡一整天。晚饭后，为了不让自己继续丧下去，我转移了注意力，决定去自习室学习。然而生活总是那么可爱，时时刻刻充满着惊喜和惊吓。那晚，五毛先生突然打电话给我，那是他第一次主动联系我。

去见他的路上，我忐忑不安，不知他约我为甚。到了楼下，我看见他在一楼大厅站着。我假装很淡定，挥手跟他打招呼，然后就被他牵起手往外走。我有点蒙，一时间，好像语言组织能力和行动能力一并丢了。我默默地跟着他走啊走，过了好一会儿，才能开口说话，问:“这是什么意思?”他特别温柔地笑笑，说:“我都和你牵手了，你觉得我还能有什么意思呢?”他说完，把手牵得更紧了。就在那一刻，我的泪水夺眶而出，那是我人生第一次喜极而泣。其实我能感受到他的紧张，因为他的手心也在出汗。他如此坚定地拉着我的手，我内心更加确定：我真的很喜欢他，就算路途通往未知的远方，未来的路不管有多长多难，只要有他在我身边，我愿意就这样手牵手，一直陪着他走下去。因为他是我第一眼就看中的人，也是我有生以来唯一认定的依靠。

后来，在我毕业前，我给他写了一封信，我想告诉他，我爱他，但他是自由的。我们的故事是以毕业离别为背景，以莫名喜欢为前奏，以注定分别为结尾。我告诉他，是他让我有了心安的感觉，让我有了久违的心动；我告诉他，喜欢是没有理由的，就是单纯地喜欢，在剥离背景下的喜欢，才是最真实的喜欢；我告诉他，我不允许他在离别的时候、需要做决定的时候犹豫不决；我告诉他，对于他，我做好了要与他过一辈子的打算，也做好了随时要走的准备……最后，我借用了别人的一句话，写道:“最好不过余生都是你，最坏不过余生都是回忆。”

时光荏苒，岁月如梭。当我把这封信读完的时候，刚好歌曲也播放完了，儿子廿一也恰好睡醒了。你看，一切都是刚刚好。也许你会很好奇，后来呢？后来在毕业的前一天，他送给我这本“3 YEARS DIARY”，在首页他写了一句话：“江湖路远，我们相伴。”他说异地的时候，记得每天写日记记录我过得怎样，见面时拿给他看。

三年的日记，我只坚持写了两年半。为什么？因为我们终于不用异地了。现在五毛先生已是我的先生，儿子为什么取名为廿一，我想你应该也知道原因吧，廿一意为二十一号。我很感谢当年的自己，对于喜欢，可以很勇敢地说出来，并且努力地去争取。

不要委屈自己，当然也不要强求别人，那么一切都会刚刚好。

作者云村 ID

喵小姐 Anne

歌曲▸雨落长安

演唱▾金琳
作词▾郑楠
作曲▾闫泽

长 安 行

殷千雅

有人说:“一行长安旅,终做长安魂。”想罢,确实是这样。

二〇一九年八月三日,长安念,终成为长安行。西安是我父母相遇、相知、相爱的地方,是这段佳话的见证地。我来此一游,不仅为了追忆父母爱的踪迹,还为了看看他们口中那一下雪就变成长安的地方。

在现代化大都市,时光往往了无痕迹,旧梦也会氤氲在空气中随风飘散。可这是长安,是十三朝古都,没有什么能轻易埋葬曾发生在这里的悲欢离合。这里有“长安大道连狭斜,青牛白马七香车”,有“秋风生渭水,落叶满长安”。多少人在笔下勾勒自己心中的长安,可一辈子都未窥得长安的全貌。就像歌曲热评里说的,“‘长安’明明只有十笔,我却花了一辈子来写”。

此行长安终不悔。夜晚,我缓步登上南边永宁门的城墙,稍稍提着汉服的裙摆，步步上前，有风吹过。城墙内是万家灯火的古城，古色古香的小楼上是五彩缤纷的灯光，内里临着条条小街，一排排亮闪闪的招牌照亮夜空。隐隐有民谣传来，我仅听几句，就哼出了调调儿，便取出手机，外放着属于长安的歌，任歌声随风远去。在长安听人唱长安，伏在城墙边上，看古楼灯光依旧。这长安啊，我尽收眼底。

同样是黑夜里独倚城墙的惊鸿一瞥，同样是父母母校西交大的“饮水思源”雕像和樱花道。游着游着，我已和二十多年前父母的轨迹重合。一切貌似都没变，那些景观仍在原地，等着新的游人驻足雅赏。但是一切又好像都变了，西交大校内盖起了全新的大楼，从前父母游览过的西安秦王宫已不复存在，华清池里上演了绘声绘色的大型演出……人成各，今非昨，可城依旧是这座城。它在历史的沉淀中落入了时光的谷底，静待后人前来拾起。

一大早，旅游车从城外走大道进入城内，接上游客去秦始皇陵。路过鼓楼时，我发现它已褪去夜晚的光彩，只是一座伫立的孤楼。可它又千百年不变，不知见证了多少时代的变迁，“一点沧桑，万里无恙”。夜晚的大唐不夜城，成为“汉服控”的天堂。和一汉服男子擦肩而过，犹如一眼千年的缘分。趁吃饭的空当儿，我近乎疯狂地去寻找那个身影，无奈缘分已尽。最后来到大雁塔下，我想要窥得佛法的一角，一遍一遍循环着贰婶的《三藏》，曲中梵音默默，寺内香气袅袅。

小时候，我翻着父母上大学时的老照片，一张一张地问过母亲这是西安的何处，便对西安有了最初的印象。今朝游玩下来，我不知何时爱上了这座城。是在大唐不夜城，看到许许多多同袍热爱着中国文化时？是在游遍西安之后，坐火车一路向西，看着祁连山脉下大片的荒漠，感到愈发荒凉而怀念西安繁华时？还是在读着“云村”评论，看到一个个“村民”献给长安的华美之词，也暗自怀念西安一行的时候？我不知喜欢的那一刻是何时，却知我确实彻底喜欢上了西安。我对它的爱，已固化成心底的执念，只要轻轻一触，它便会涌出美好的滔滔回忆。

长安忆，一夜落秋意。那日，我读到一本名叫《美文》的杂志，谁知里面竟有好几篇写西安的文章。“来世，再约长安”“终是，不见长安”“边塞城门落满枯枝，不是长安繁华，却铭刻斑驳浮生”“长安忆，重楼倚城隅”……一节课的时间下来，本子上已记满关于长安的句子。我默默地呢喃“长安”二字，竟是一天的想念。夜晚手边没有手机，只有一个下载了好多歌的 MP3，我本想听《长安忆》，却发现只有《雨落长安》。

长夜漫漫，细雨漫过河岸，谁的情思琴声，日夜窥探……

旋律缠绵，夜色深深，恍惚间月光入户，似有几分熟悉。唱完一句，似有泪珠划过眼角。

月光相伴，台灯相随，我一遍遍地循环此曲，就像写着心上人名字那样，在日记本上一遍遍地写着“长安”。仅此二字，便让我乱了方寸，让我泪流满面。

许是真应了那句“一行长安旅，终做长安魂”。若有来世，可否让我真正生长于斯，真正成为“长安魂”呢？

我一定要再寻个空闲日子，重游故地，看尽长安角落，看罢长安千载。

吾一生所求，不过一世长安。

作者云村 ID
昨夜秋风 – 醉

歌曲 ▸ 微光（Live）

演唱▾张信哲
作词▾周洁颖
作曲▾钱雷
翻自▾华晨宇

原来你是洒落在我无助中的点点微光

大大妹

有人说，除了父母，世上唯有老师是真正期望你能出人头地，并不遗余力帮你出人头地的人。我不仅认同，还认为老师是我贫瘠生命中的一抹亮光，是我生命中难得的温暖。

“加油努力！考上最好的高中，去到更好的环境，远离老杜的魔爪！”中考前，我在桌子上贴了这样一张小小的纸条，每天都幻想着离开老杜的日子：没有她严肃的面孔，没有她严厉的批评，没有她严格的要求。在没有老杜的世界里，到处都是新面孔，我可以结识新朋友，若是幸运点，没准儿还能遇到个温柔的班主任。到那时候，我就再也不用担心迟到后会听到那一句“你早晚会因为你的慢性子吃亏”了。

那时，我常在夜里听张信哲翻唱的《微光》，暗暗发誓要把实现梦想当作前行的力量，把远离她的愿望当作黑夜中的微光。

体育中考前，早自习和大课间都改为训练时间，每次我都累得大汗淋漓。在高强度的训练中，我扭伤了脚，两个脚踝都肿了一圈。可为了成绩，我咬牙坚持，折磨着自己，也骗过了所有人的眼睛。体考一天天逼近，我的脚踝却不见好转，甚至一跑就有撕裂般的疼痛。考试的前一晚，我给家里打了好多电话，想向家人求救，向他们哭诉我没法跑步，然而电话无一接通。

那个晚上，我看着窗外的夜空，只有一抹模糊的月影，点点微光洒落其下。星星似乎也受了委屈，藏在黑云背后，不知是睡着了，还是像我一样在偷偷哭泣。我克制情绪，却流下更多的泪，就如同挤压伤口，而流出更多的血一样。

第二天早上，我忍着脚踝的剧烈疼痛，坐进教室，望着窗外的团团乌云。它们缓缓飘动，没有一丝生气，似乎在预示我体育考试的结果。我正发呆时，班主任走进来，给我们一张不常有的笑脸，这可能是考生"特供"吧。她的视线扫射了一圈，我以为我躲开了，实则没有。她走过来，问我怎么了。她这么一关心，我对她所有的防御都瓦解了。

"老师，我的脚肿了，不能考试了。"我的泪水挣扎在眼眶边缘，委屈和担忧却早已涌上心头。她看了看，脸色骤变。那张难得的笑脸不见了，取而代之的是布满细微皱纹的愁容。

"你出来一下。"她一声令下，所有同学都目送我随她而去。在空旷的楼道里，她先是关切地数落我一番，问我怎么不早点告诉她，随后就像放气的气球一样消了气，丢掉严厉的面孔，低声说："脚肿得这么厉害了，你千万注意点，不要太勉强。跑不下来的话，你就灵活点吧。我告诉你，你跑的时候……”就那样，我第一次被班主任“指导跑步技巧”。她认真地教，我认真地听，看她比比画画，很是滑稽，我差点笑出来。一瞬间，我望着她闪动的眼眸，望出了神，在那中间，我竟望到了一丝光亮……

讲罢，她低下头，叹了口气，眼中充盈着失落与遗憾。她缓缓地抬头看我，那复杂的神情我看不懂，但我知道她还有话要说。果然，她开口了：“身为一名老师，我不该教学生这些的。这是我执教生涯的一个污点，但你的未来……更重要。”我被她深深打动了，且在她那眼神中寻到了更亮的光。那光啊，似乎能为我驱散所有疼痛带来的阴霾。

我回到教室，看看自己的脚踝，又望向窗外。那团团乌云散去许多，阳光透过轻薄的云层，慷慨地将光芒洒向操场。

后来，我并没有作弊。无论如何，我都不舍得让我的老师备受“污点”的折磨，尽管她是老杜。

跑道上，我循着老师与同学的呐喊与鼓励声奔跑前进。经过他们面前时，我听见老师声嘶力竭地大喊加油。我突然意识到，自己还有力气！我咬咬牙，加速！

我最终跑了下来，体考成绩不错，但脚踝罢工了。经过理疗，它康复得很快，还陪我去了我幻想过的没有老杜的地方。可在一个宁静的夜晚，我听着《微光》，竟会想念她，想念她那闪光的眼眸，想念她的声音，她的脸庞，她凌乱的头发，她曾经讲的冷笑话……

我的眼眶湿润了，曾经让我极力想远离的人，如今却这般想念。

小学、初中、高中，都在时间轴上“嘀嗒”“嘀嗒”地一一掠过。回眸一看，记忆中少了埋怨，多了感动。是啊，时间把“可恶”的她从我身边带离，却还给我一个温暖而发光的她。如今，她是洒落在我无助与孤独中的微光，是我心灵的慰藉。

作者云村 ID
记住李大姝

歌曲 ▸ 一生所爱（Live）

演唱 ▾ 杨子
作词 ▾ 郑嘉嘉
作曲 ▾ 卢冠廷
翻自 ▾ 舒淇

小男孩成长四部曲

希希的爸爸

如果父母给了你一个早熟的身体，却教不了你如何恋爱，那人生真是注定要经历一场莫大的修行。

毫无悬念地，我就赶上了这场修行，而且还缺乏慧根。有的人慧根充盈，观察摸索中，自己便开悟了，自渡了，成了学生时代的恋爱佼佼者。而作为观众的我，在恋爱上慧根平平都算不上，差不多算有坑。非但不能自渡，高手、铁哥们渡我，也是渡得踉踉跄跄，甚至丢了名声。

没有慧根的原因与风气过“正”的原生家庭有很大关系。我爸在我小时候就说，邓丽君的歌是“靡靡之音”，二十世纪九十年代街头音响里的歌都是“靡靡之音”。他现在喜欢听云飞的《父亲的草原母亲的河》，这不是“靡靡之音”。等到我二十七八岁还单身的时候，我曾经羡慕过他，羡慕他那个时代的男人，简简单单和女方见了两面就能结婚。我这种好男儿大概生错了时代。

中学的时候，街边音像店总放着《单身情歌》。感谢林志炫咬字清晰，我没有特意学过，不知不觉就会唱了。尤其是歌词也替我问了一个问题："世界上幸福的人到处有，为何不能算我一个？"那时自己常常觉得考试排名还行啊，却为何牵不到漂亮女生的手？这是一种苦恼，但还不至于引发深入思考，毕竟那时还青涩。所以我没心没肺地唱着这首歌，把精力全放在佩服词作者易家扬的创作才华上了。

没有慧根，不妨碍走路，可除了正道没走，其他偏路都试了个遍。大学时，偶然听到了彭羚的《囚鸟》，怜香惜玉之情顿生，我恨不得立刻找到那只囚鸟，带她一起体验天有多高，后来才知这是多年前的老歌。我记得很清楚，那年它在我 128 兆容量的 MP3 里，播放了整整一个夏天。待我把学院里所有女同学都"扫描"一遍后，失望地发现没有需要我去解救的囚鸟。最后，我把它划为平行世界里的概念。我回归到现实中的理工科"和尚院校"，和绝大部分没吃过肉的"和尚同学"一样，带着遗憾过完了大学四年。

工作之后，由于经济独立了，相亲和搭讪都有了底气去尝试。老套的情节大家都能脑补，十次九不成，成了也不长。屡屡失败带给我的苦恼，让我在看电影《那些年，我们一起追的女孩》时泪奔了。学生时代的感情那么纯洁和美好，我却是缺席的那一个。看着柯景腾和沈佳宜的爱情，我真心羡慕。回想大学时代，某节选修课上、某个阶梯教室里，我那时怎么那么怂呢？当时搭讪了，或许就改变命运轨迹了吧，至少也不会给自己的青春留下遗憾。

九把刀，《那些年》的词作者，也是《那些年，我们一起追的女孩》的编剧，还是男主角的人物原型，曾经到哈工大做过一次演讲。我那时恰好住在学校旁边，非常幸运地去现场听了他演讲。有共鸣的语言总是入脑又快又自然，歌词是这样，演讲词也是这样。九把刀说，做事情不要急躁，其实慢慢来，效果反而好，有些人升天在你之前，成佛在你之后。如果我用现在三十多岁的眼光再去看当年错过的女生、早恋的风云情侣和宿舍里的恋爱高手，曾经强酸般的遗憾、羡慕和忌妒，都被稀释了浓度。先行者们甚至反转成了修行途中的一面面镜子，帮我躲了坑，为我重新指定需要审视的方向。

大龄脱单的过程，大概就像半夜失眠，越是着急入睡，就越是辗转反侧。早晨醒来的时候才发现，真正入睡的时候反而是不知不觉的，整个人处于一种平静无所求的状态。我与老婆是相亲认识的，没有戏剧性的场景，没有精心设计的桥段，没有“PUA”（搭讪达人）的话术。第二次见面时，我就彻底喜欢上她了。有次约会后，我回到家，已经很晚了，打开电视跳出音乐节目《天籁之音》。我坐在沙发上，脑子里想的都是一个小时前还牵着手的那位姑娘，眼神没有聚焦，空洞地看着电视的方向。这时，我听到一个内心仿佛流着泪的男人在唱歌，那歌声缓缓飘来，坚定深沉，感情炽烈。我突然被那歌声中的痴情唤醒。循声望去，看到电视上一个光头歌手在弹着吉他独唱。他叫杨子，他唱着《一生所爱》。

“昨天今天过去不再回来，红颜落下颜色变苍白。”当年与老婆的相亲，让我觉得以前的一切都是修行的必经过程。当时如果不能将她追到，那便是苦修又加了一程。冥冥之中，有种强烈的预感告诉我，这次我可以成。老婆模样漂亮，身材高挑，约会时经常穿一件粉色的呢子大衣，这让她在人群中显得非常醒目。老婆的性格也很好，和我爸妈见面后，家人都很喜欢她。相亲那天，我和她走在一起，心里没多大底气。我不知道该如何将她变成自己的女朋友，又如何将她最终变成妻子。那时我为她写了一首蹩脚的诗，字里行间流露着我的忐忑：

如何让你喜欢我，在我并不特别的时刻。我已在佛前求了很多年，求佛给我技巧和金钱。

事实证明，缘分并不是二维的，不在乎技巧和金钱。我们可是有共同的朋友、共同的爱好、共同的价值观、共同的生活理想。每当我胆怯时，我就反复听杨子的《一生所爱》，从中汲取迎难而上的动力。我是那么喜欢她，一定要努力将她追到。放弃太容易了，唯有坚持才能让情人离去的歌词在未来不再烫伤我。一路的修行，让我确信她就是我要修成的正果。还好我是幸运的，相亲的姑娘真的变成了老婆，情人没有离去。

结婚以后，我问过老婆，你为什么会选我？她说，因为我的坚持，虽然看我有着不自然的笨拙，但她知道我是认真的。这时我终于明白，真诚的坚持就是我的慧根。

看着两岁的孩子，我不禁在想，他会不会重复我的苦修？无论如何，我都会让他在合适的年纪懂得：脱单的过程确像午夜里的失眠，不过总会睡去，又终将醒来。愿你醒来时，身边睡着爱你且你爱的那个人。

作者云村 ID
尼古拉斯小普

歌曲▸起风了

翻自▼买辣椒也用券
作曲▼高桥优
作词▼米　果
演唱▼吴青峰

我终将青春还给了她

大葱

我说，我要把青春还给她。

还真是一点儿没变啊，还和许下那个幼稚的承诺时一样——

恬不知耻！

她哪里还收得到啊？

唯一的长进是，这次我做到了，所以我回来了。

算下来，离开家得有二十年了。家乡还是冷清了不少，袅袅炊烟少了，二月天里，草长莺飞的景象也寡淡不少。还好，记忆有它独有的时效，我轻车熟路地找到了从前最常待的小山坡。

或许是近乡情怯吧，步子越迈越重，心里像是装满了坏掉的枳，又酸又涩。

风，吹来了她

玩伴们的童年，都大同小异。光脚撒欢儿跑，抓些小鱼小虾，逗着蚂蚱青蛙，上树下河都是游戏，方圆几里都是朋友。

我也有过一阵这样的日子，只是并不长久，可能是天生就不太喜欢说话的缘故。其实，我也挺乐意一个人待着，但是面对邀约，又不知怎么拒绝，只会忍不住地想不去会不会不好，可到场后又不知如何与众同乐。独处时的悠然自得，都在人群中被放大成尴尬。我也不想给朋友们添麻烦，就开始选择回避。他们好像也领会到了，不再找我。渐渐地，我就更习惯一个人了。

我寻到一处小山坡，少有人来。空闲时，我都在那里，看书或是发呆，可能无趣，但我喜欢。最妙的是，我和她的故事，是从这里开始的。

在那个二月天，我第一次见到风筝，天空中渐渐多了许多不同的颜色。那时候的风筝，大多是自制的。我也想学着做，但又担心学不会，于是就揣着这样别扭的小心思，一天天地数着风筝发呆。

大概是风听懂了我的期待，一只断了线的风筝正巧落在不远处。我一直等到日落也没人来捡，便偷偷摸摸地把它带回家，修修补补，看起来还挺像那么回事儿。

担心被它主人发现，第二天我起了个大早，爬上小山坡，拽着线就往下冲。风筝却不理会我，一路跌跌撞撞地啃着土地，极其难看。

我跑得更快，却不想摔了一跤。

“哈哈，放风筝可不靠蛮力呀。”

闻声，我灰头土脸地爬起来，正对上一双笑眼。我愣了神。

起风了，她未束起的长发被风拂乱，却毫不在意。树也喧哗，窸窸窣窣间投下斑驳阴影，少女负手而立，方才揶揄的笑意还在嘴角。

“真好看。”没头没脑地，我脱口而出。

“快起来吧，趁着有风，我来教你放风筝。”像是被人拉出梦境，我不禁赧然。

我听说过她，她叫“平安”。因为患有先天性疾病，不能剧烈运动，不得劳累，所以她几乎不出来玩，我也就不曾见过。初次见面，丝毫未见病态，没有传言中的瘦削、寡言。她同普通小伙伴一样，不，她看上去甚至比他们还要好。整个上午，我都在她的指导下，拽着风筝，顺着不同的方向，尝试了一遍又一遍。

“飞起来了！”我兴奋得大叫，“你看，我也会放风筝啦！”我惊喜地招呼她。她应着声，却仍站在原地，只是远远地看着风筝。

我看着她盈盈的笑，想到她没法玩耍，顿时觉着索然无味。我割断了线，风筝如蒙大赦，顺着风，飘然远去。

“这……怎么了？”她疑惑地看着我。我没有回答，转身笑着奔向她。

当时那个奔跑的少年不会想到，眼前这一小截山坡，他“跑”了二十年。

不值得

“这条路有多难走你知道吗？想一出是一出，你好好想想你走得下去吗？”

“是啊儿子，学医太耗时间了。听话，早点毕业出来，也好早点挣钱呀。”

“就你这个脑子还学医？你别没学好出来害人……”

平静了十几年的“海面”，硬是被我一句话直捣龙宫般激起千层浪，怕是借来大圣的金箍棒也平复不了。

反正当年我是没去借，而是去找了平安。她跟别人不一样。她很耐心地教我放风筝；愿意听我讲故事，不只是书上看到的，我自己编的故事，她也听得入迷；我自知不靠谱，稍有困难，我总想后退，她却比我还要相信我自己。所以当我告诉她，我会为了她去学医，让她等我的时候，她一定会支持我的。谁知这次，她只是摇摇头，告诉我“不值得”。

那时的我，转身离去，只知狭小的胸腔里全是幼稚的愤怒，全然没有想过，她想告诉我的，到底是什么。

年少时犯个错，会偏执得理直气壮，还夹带着自以为是的委屈。

这一次，我倒是说到做到，在那条神圣的路上，靠着我的小小信念艰难地走着。数年来，我们没时间见面，只是靠电话维持联系。她也不再与我争论，只是安静地听我的个人演说，和那个数年如一日的承诺。

只是有一次，我怎么也打不通她的电话了，当晚梦到她躺在病床上。我冷汗直冒，喉咙干涸，脚步也挪不动。她好像在对我说着什么，我却听不到，耳旁全是“咚——咚——”的心跳声。周围忽然嘈杂起来，我在拥挤的人潮中被推着走，一切感官好像都被放大了，低声的啜泣、隐痛的呓语、医生冷静的宽慰、患者茫然的期待……都不断刺激着我的神经。终于我还是忍不住哭了，“你果然，还是不信我”。

醒来时汗涔涔的，梦境太过真实，我不知所措，只想快点找到她，却意外收到了她的来信。信中说，她和家人计划了一场旅行，所以先不等我了，让我安心研习功课。我本心存疑虑，却在之后时常收到来自不同国家的明信片，都是我们曾经一起憧憬过的地方。于是我开始期待着来信的日子，想到她正走在我们约定过的地方，我就充满了干劲。

毕业后的第一件事就是去见她。回到家乡，敲开熟悉的门，见到的却是完全陌生的面孔。其实那一瞬间，我就已经大概猜到了。

更甚者，我一直都知道，只是不愿去想。这些年，我一直在用忙碌麻痹自己，用学习和各种兼职填充所有空白，用积极阳光的正能量抵挡深夜不断涌现的冰凉，却在接通她妈妈的电话后，丢盔卸甲，溃不成军。

“嘟——”听筒里只剩忙音。我却松不开手，好像握紧了这条电话线，就能抓住她还活着的最后一丝希望。

原来那一晚的梦里，真的是她来向我道别了。但我只是个胆小鬼，迫不及待地跌进她为我粉饰的梦境，装聋作哑，不去管轻轻一碰就会粉碎的安好。我活得像个影子，没有血肉，只等光彻底熄灭，混入黑暗，哪里还晓得“我是谁”。

心好疼，却已然失去流泪的本能。

致谢信

给安安：

我踏遍了世界上每一处你喜欢的地方，努力用拙劣的摄影技术拍下所有你会喜欢的角落。

我尝到了很多曾经的课本上“只见其名,未见其身”的美食，只要是合你口味的，我都多买一份。

我还买了很多花，只是都已经枯萎了。我有见到一种“永生花”，像是用已经干枯的花做成的，可以保存更长的时间，但我还是喜欢它们鲜活的样子。

你不总是劝我多交朋友吗？这次我独自去到这么多地方，见到了形形色色的人，学着和不同的人打交道，虽然算不上交了朋友，但都挺好的，真的。

只是，仍不得见你。

我记得你是最不爱说谎的人，却撺掇家人骗了我这么久，你心里也不好受吧？没关系，我帮你把它们都变成真的了。

只是，你不用为我做这些的，不值得。

我终将青春还给了她

“不值得。”

十年后，在异国他乡，一切都物是人非时，我才终于读懂了什么。一时，竟不知如何表达。

我放声大笑，撕掉了刚刚写好的明信片，随手一挥。在破碎的纸片里，在愤怒的谩骂声里，我昂首阔步，放浪形骸。众人侧目，我却毫不在意。

没有什么可失去的了。

这些年，我谨慎细致、小心翼翼地想要更靠谱一些。唯恐出现偏差，害人性命，更怕学艺不精，救不了她的性命。却不知早在一开始，我就错了。

我只觉得她不信我，于是在无涯学海中勤以补拙，却没想过她等不等得起。一别多年，连最后一面都没有见到。然而，她早就指出了问题所在。我全然忽视，固执己见，把希望的砝码全压在她身上。

她一直都知道，她会是率先挂断电话的那个人，所以我为她做什么都“不值得”。

我想起了那一夜的道别，她让我看到，医院并不宽敞的走廊里挤满了人。我想，她在告诉我，还有很多人在挣扎，还有很多人在期待。

我是为了拯救生命而走上这条路的，不管是安安的命，还是她或他的命。每一条生命都是希望，都是我走下去的理由和使命。

其实在那些埋头苦读的岁月里，我也会偶尔从书海中抬起头，问问自己为什么走到这里。因过去的失败而残留的自我否定，因未来的不确定而引发的焦虑，联合当下面对书山学海而产生的怯懦，一次次地把我推向深渊。我在悬崖边抛过很多硬币，但没有一枚替我决定放弃。

那些时日推着我往前走的，一直都是她。我根本就没能为她做些什么，在付出、在努力的人，一直都是她。所以我根本不是所谓的——“为了”她走到这儿的，我是“因为”她才“能”走到这儿的。

我不住地想，如果我们不曾遇见，那么她的青春或许会更美好。毕竟，我一直都是一个不靠谱又不值得信任的懦夫。

可是没机会道歉了，我能做的，就是走好脚下这条她用青春为我铺就的康庄大道。然后，把本该属于她的青春还给她。

健康所系，性命相托。勤求古训，博采众方。

她对我说的最后一句话

起风了。树又喧哗，“哗哗——哗哗——”

白驹过隙，树也更加壮了些，枝繁叶茂。夕阳西下，只投下点点斑驳。

数十年光阴如梦，此时我靠在树上，看着天边的夕阳落幕，恍然间也生发了些许睡意。“是该离开了。”这么想着，便顺着坡下行。

我忍不住跑起来，越跑越快，感觉到风从我身旁擦过。与此同时，与我逆向而行的，还有一个少年。我停下来回头看他——

他奔向树下的少女，冲动又执拗，女生握住他的手，两人相伴向着夕阳走去。

我回到车上，顺手打开收音机，才想起这里信号不好，正想关掉时，却听见夹杂着“滋啦”“滋啦”电流噪音的歌声，“以爱之名，你还愿意吗——”

藏了很久的酸涩感决堤而出，泪眼蒙眬间，我终于听懂了她最后对我说的话——

我信你。

作者云村 ID

Harolee

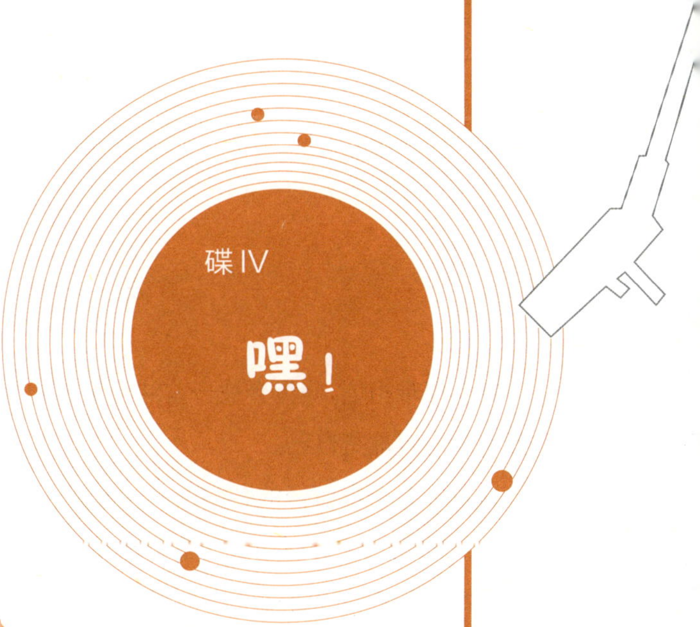

站起来吧，等光而来不如寻光而去，等梦复始不如逐梦变现……

歌曲 ▸ γ

作曲 ▾ α·Pav

伽马射线 γ 的生命周期

言若

其实很难相信，我竟会被一首纯音乐感动落泪。纯音乐是空白的，它所有的内容都是自己。

这首歌有个很奇怪的名字——《γ》。在高中学物理的时候，那是第一次遇见它，当时我以为和它的缘分只会平平淡淡地结束在高考，可没想到它会以这样的形式回到我身边。

遇见

“γ 射线，又称 γ 粒子流，是原子核能级跃迁蜕变时释放出的射线，是波长短于 0.01 埃米的电磁波。γ 射线有很强的穿透力，工业中可用来探伤或进行流水线的自动控制。γ 射线对细胞有杀伤力，医疗上用来治疗肿瘤。”我曾苦大仇深地背诵这段定义，并在同学二十六个英文字母的包围声中突破重围，成为一个在早读课上背物理的奇奇怪怪的人。

太多的青春小说会描述高中那段懵懂又纯情的岁月，可是我的高中平淡无奇，甚至枯燥乏味，我一点也不想忆起。那并不是一段值得被记住的时光。

我高一时碌碌无为，还常伴有一些同学对我若有若无的不屑和鄙夷。也不是什么大不了的事，高二就好了，我经常这么安慰自己，可仅仅是安慰罢了。

高二时，我父母离婚。两人吵得最凶的那天，我看到母亲青肿的眼睛和鲜红的鼻血，父亲控诉着母亲的过错，母亲的身躯在颤抖。那一晚，我几乎没睡。第二天一大早，我坐在空荡荡的教室里，整个人是呆滞又空洞的。我不明白，我所知道的世界到底是什么。

生活的厄运似乎从那个时候开始。父亲一遍又一遍地向我抱怨那个女人，母亲一次又一次地盘问那个男人又说了什么话。我曾长时间地幻想过刀割开血管的场景，也许这样，世界就简单了。

我们知道，其实生活是不断前进的。我如此胆小，怎么会停下来呢？在晚上十点放学后，父亲送我到家门口就会离开。我总在门口的路灯下站一会儿，去回忆今天难懂的物理知识，把父亲的话忘到脑后，再装出一副好心情，回家面对母亲。

路灯它不说话，反而最是温柔，那是我最平静的时候。那轻薄的灯雾伴随着 γ 射线陪伴了我的高二。

离开

我高三时，母亲变得糟糕，一度处于抑郁。我不得不学会照顾她。她深夜醉酒，我接她到医院打点滴，陪她在无人的大街上行走，街上清醒着的不过就是我和路灯。我一遍又一遍地对母亲说着同样的饱含希望的话，可我的希望在哪呢？

γ 射线是碰撞中产生的新能量，可为什么生活的碰撞只会不断吞噬我的能量？

再后来，距离高考一百天时，我的朋友跳楼了。

我在前一晚，收到她的消息，“我死在昨天，和任何人无关”。我只是回了两句无关痛痒的话：“别瞎想呀，要开心。”果然是局外人吗？我无法感受到她痛苦的一分一毫。可是，我突然意识到了她的绝望，因为，我也陷在绝望中。

听说，她晚上十一点和继母吵了架；又听说，她是早上六点跳的楼。这漫漫黑夜，绝望，全部是深深的绝望，该怎么办啊？

她的留言板直到现在还有人不断地和她聊天，聊聊现在的生活，聊聊现在的故事。她放弃了她的生命周期，我还在苦苦等待着我的新开始。

矛盾与碰撞中，新生命要多久才会出现？

重逢

这首纯音乐是随机遇到的。当眼泪落下来的时候，我才发觉它也许不是随机的遇见，而是我与过去的重逢。

我在朋友圈里这样写道："像是陪我回家的路灯。"对，它是我生活的写照，抽象地形容了我慌乱的三年，具象在我眼前的则是那盏路灯，像 γ 射线一样，终在碰撞中获得新生命的我。

从一分三十七秒开始，连续相同的音符奏起，仿佛是宇宙能量在不断挤压、排斥，互相撕裂着，互相碰撞着，激发出崭新的未来。三分零二秒，音乐在变化，那是真实可触的希望……一切都会好起来的。

我们都像是芦苇，看似脆弱不堪，摇摇晃晃，而背负疾风时，却只弯弯腰，永不倒下。我们是充满力量的，能量爆炸时有着无限希望，像这首歌所彰显的生命力一样顽强不屈。它包容你的过去，又赋予了新的开始，它说——

很感谢你过去的坚持，也很期待你未来的美好。

后记

我有的时候会想，她的离开是幸运还是不幸，我的存在是幸运还是不幸。

可能，我们都是幸运的吧。若真如此，我比她更幸运。

作者云村 ID
原来是芝士 – 呀

歌曲 ▸ *Dream It Possible*

词曲 ▾ Andy Love
演唱 ▾ Delacey

合肥的雪未完待续

卡琳兜

如果有那么一刻，令我觉得缘分妙不可言，大概就是我看见他的名字便幻想我们会发生故事的时刻。

二〇一六年五月，一个平常的工作日，当我预感自己会加班的时候，他的名字和一封邮件就一起跳进我满屏未读的邮箱里。

“集装箱 SLPU5204520 偏载，要在合肥北站掏箱重装。请安排人员到场监装。”

就这一刻，我想我会认识他的。果然，领导派我去处理。

第二天，我买了早上八点零五分的车票，十一点零九分到达合肥。我的记忆精确到分，直到遇见候在出站口的他才忽略了计时。第一次见面，我一点也不意外，眼前的他就是我想象中的样子。他身穿一件蓝色牛仔衬衫，袖口挽到胳膊肘，纽扣没系，打底的是一件白 T，鞋子竟是和我同款的匡威。我必须承认，他看起来令我感到舒服、可靠。

他走过来，自然地接过我手里的背包，说：“我先去买两杯咖啡，箱子的问题，路上慢慢聊。”

我也不生分，说：“能换成豆浆吗？喝不惯咖啡，我还年轻，也用不着咖啡提神。”

他笑道：“是呀，‘90 后’的小朋友不应该像我这个‘80 后’叔叔一样，喝太多咖啡。”

走出便利店后，我接过他手里的豆浆，上了车。路上，我打开电脑，查看装箱照片。他就坐在我旁边，看着我在表格里输入每件货物的信息。他嫌弃我表格里的数据不居中，难以辨别，却也真心地夸我记忆力惊人。我得意地说：“那是！任何一个要重装的箱子，都逃不过我的法眼。虽然我还在实习，但是我不菜。”

在合肥北站，重新装好箱子已是下午五点。我们就坐在仓库门口聊起了天。

“你说合肥今年会下雪吗？”

“会下的。但会很晚了。”

“我会来看的。”

“好。”

远处的夕阳，无所顾忌地落在北站那一排排中铁箱子上，给我一种很微妙的感觉。于我而言，第一次看见这样的箱子，这样的场景；于这些箱子而言，在遇见我们之前，时光始终在雕琢着它们的模样，每一刻被看到的都是自己全新的面孔。如此画面，若配上音乐，就更加诗意了。我刚掏出耳机，他就摘掉他的耳机，说："用我的听吧，我很喜欢的一首歌，你来听听。"

我戴上他的耳机，边听歌，边听他回忆。他刚刚工作的时候，有票货十个柜子一票报关，结果遇到查验，十个柜子一个都无法按时发运。第二天，他来北站，一个个开柜盯着，从早上八点到下午五点半，连一口水都没来得及喝，直到海关放行。他疲惫地绕过北站的海关监管区，拿出手机，点开日推，刚好听到这首 *Dream It Possible*。

Take a shot

放手一搏

chase the sun

日日追寻

find the beautiful

领略拼搏之美

正播到这句时，夕阳在他眼前落了下来，红得耀眼，美得浑然，令他心醉。他挽起袖子，向停车场走去，觉得没有一瓶冰啤酒解决不了的炎热，就像没有一首歌治愈不了的疲惫。在那以后，这首歌就驻扎在他的"红心"歌单里。每当工作遇到瓶颈，任务多到喘不过气的时候，他就会翻出它，听上一会儿。

末了，他说："我知道今天这个掏箱对你来说意味着什么。表面上若无其事，其实客户和领导早就让你压力重重了。但你要知道，今天只不过是你职业生涯中平平常常的一天。难过时就要允许自己难过，不要克制自己的感受，这样你快乐的时候才真快乐。就像现在，我们按时解决了这个问题，你松了一口气，就该快乐。”

我说不出话来，只觉心头一酸，假装捋头发，偷偷拭去眼角那不知是因被理解，还是因被鼓励而感动的泪，笑道：“这歌也太让人感动了吧。”

离别时，他送我到高铁站，向我挥手，说：“来日方长。下次见面时，希望你是一棵独当一面的大树了！”

后来的两年里，我们没再见过面，交集仅限于逢年过节问个好，我打过几次电话寻求专业帮助。他有时会说，这次考虑问题更全面了，已在好好思考和成长了。更多时候，他会半批评、半鞭策地说，这个箱子这样拼不行啊，一不留神就会偏载，重新调整分配一下货物，再发来看看。

虽然次数不多，但不可否认我从他身上学到很多，以至于现在一看到货物，箱子就在脑子里成形了。

再次相见是在杭州的一次物流峰会上。我是部门代表，他也是，我们就这样重逢了。

我本想等到自己足够强大，有能力与他并肩而站时再见面。可这突如其来的小说剧情改变了我的计划。两年了，我还是一个平凡小辈，不过招呼还是要打的。我硬着头皮，拿了一瓶水走过去给他，顺势坐在他旁边的空位置上，与他有一搭没一搭地聊起天来。奇妙，又是这个感觉，不像是喜欢，而像是在漫长的职业生涯中，翻山越岭寻见一束光的感觉。

我们聊到行业的发展方向，聊到彼此记忆最深刻的柜子是如何被查验，又如何奇迹般顺利发运的。后来，他说：“那年冬天，合肥下了三场雪，你一场都没看到。合肥北站的箱子上盖着白茫茫的一片，很好看。”

那一刻，我所有关于合肥的记忆，都在深处被挖掘出来：

听说，合肥有一条河，春天时两岸会开满樱花，夏天时河堤会绿树成荫，秋天时枫叶会缓缓飘落诉说思念，冬天时白雪会铺满过道等待足迹。

你说，我什么时候能靠近那条河，到达那个我曾经期待的彼岸？

我缓过神来，想逃，便笑着对他说：“我去前面拿个宣传册，可能会往前坐一坐，离讲台近一点，多做一些笔记。希望下次再见到前辈时，我真的变成一棵大树了。”

他说：“好。”

我起身拿起包，走过他身边时，余光中瞥见了他的丝丝白发。是啊，两年的时间，岁月在我们身上刻画了很多痕迹。我也已经能够熟练地处理每个偏载的箱子，而那些没有变的，都留在了那首 *Dream It Possible* 里。那双在我孤立无援时伸过来的手，温暖且有力，我一辈子也不会忘。

峰会结束，回程路上的夕阳温柔依旧。我坐在车窗边，将他推荐的这首歌听了一路，恰如那年的自己又眼眶湿润了。最终，我分享这首歌到朋友圈，文案是“无论我是否遇见，那些大雪已经在我心里弥漫，直到永远”。

他在下方评论道：“两年前的小树苗今日一见已经长出了小枝丫，很开心，梦想成为可能，dream it possible，下次一定要守约来看雪。”

我回复：“好，未完待续。”

作者云村 ID

Kalinda_ZVenus

歌曲 ▸ 你的样子

词曲 ▾ 罗大佑
演唱 ▾ 罗大佑

你的样子

北洋

“歌是语言的花朵。”

这不是我说的，是后来罗大佑在美国鼓励我的一句话。那一次相逢匆匆，却给我的青春梦留下了一个难忘的小结。

我记得在大学的时候，宿舍里的孙兄弟一直喜欢弹唱罗大佑的歌，那首《你的样子》，我反反复复听了很多遍。也许我们都不记得这首歌具体在说谁的样子了，只记得在那些熟悉的夏夜，楼群灯光点点，宿舍的窗户开着，晚风吹来，他激昂地弹着心爱的吉他，指尖舞步弦间，歌声响彻校园，挥洒自如的样子让我难忘。我想大家都想活出自己的样子，不管是支流小溪还是长江大河，总有一种状态处在最适宜的流速和节拍上。

要不是听了那首歌，我也不会去努力学习吉他。虽然术业不精，但也足以宽慰身心。以后的时光里，每当快乐或者忧愁、幸福或者无助时，拿起吉他弹弹《你的样子》，总会给我舒适之感。孙兄弟常常带着我一起练琴，他曾经和酒吧里面的乐手老师相熟，如此练习了许多乐曲，弹奏方式自然有一种独特的烟火气息。如今，距离上一次我们两个一起弹琴合唱也有十年了。毕业后，大家四散八方，然而在琴声里还可以感受到朋友乐观向上的心态和那些记忆里青春的样子。那些好听的声音和旋律都随着微风轻轻吹来，变成了下一个站点的美好祝愿。

其实当初我学吉他并不顺利，尽管上吉他课的我看起来是那么幸福。我没有音乐基础，什么事情都要从头学起。吉他老师教我最简单的节奏，我却弹得很笨拙，根本掌握不了要领。老师看到我左右为难，只好把我放在一边，让我对着节拍器自己领悟。那真是一段难熬的日子，我一边听着琴行里其他人弹出悦耳动听的吉他曲，一边在练琴的路上不断碰壁。我在心里想，哪里才是终点呢，什么时候我才能看到自己想要的样子？谁都想不到，我的“首演”竟会是在吃露天烧烤时。吉他老师让我弹唱《你的样子》，我登上这不大却足以令我畏惧的临时舞台，闭上眼睛，放声大胆地弹唱。一曲终了，大家纷纷喝彩。这是我第一次成为人群中的焦点。

出国后，没了伙伴和音乐土壤，我也忙于工作，一时搁浅了对音乐的热爱。直到阴差阳错地接触到美国中文电视台，我才明白，原来音乐就在不远处。那是来纽约的第二年，正赶上他们台组织的全美华裔才艺大赛。我看着宣传海报上激情澎湃的宣传语，却没找到大赛主题曲的信息，就跑到总编室问他们需不需要我来写歌。他们惊讶地看着我，像在看一个跑错教室的孩子。之前，有几个专业音乐工作室为他们写过歌，但作品都不合适，所以他们早就放弃了这个想法。但看我主动请缨，他们还是给了我一个机会，让我写好作品录下来听听。三天后，小样录制出来，听上去琴声生涩，歌词枯燥。但由于旋律悦耳，歌曲竟然得到了台里专家的一致认可。后来，他们拿出合同，签下音乐版权。那时我才知道，在某个不经意的瞬间，音乐可以让我活出自己想要的样子，也可以给我一些意料之外的感动。

这一次关于音乐和梦想的际会，打开了我眼中的世界，我开始熟悉纽约的人和事，也慢慢地接触到很多年少时就仰望的音乐人。我看到《南山南》的创作者马頔面对镜头青涩质朴的笑脸，听到水木年华的卢庚戌略带酒气却依然爽朗的动人歌声，感受到唐朝乐队的吉他手郭怡广在我身边做出摇滚手势的风趣个性……所有这些，有的留在了照片或纪念册里，有的留在了纽约繁华却特别的氛围里。它们以我可见或不可见的形式，悄悄地勾勒着我渴望变成的模样。

去年五月，哈佛大学费正清中国研究中心给我发来一封邮件，邀我去参加罗大佑、高晓松和方文山的音乐研讨会。我十分激动，没想到自己的青春之旅如此梦幻。收拾了行李，我坐上去波士顿的早班火车，写好了给罗大佑的亲笔信，在会议开始前一小时就赶到了教室。教室里，有位哈佛研究员认出我来，向我简单介绍了会序，还聊了许多研究中心的故事。会上，罗大佑提到了青年时期的音乐创作，听得我热血沸腾。会后，听说我受《你的样子》的影响而爱上音乐，他很高兴，拿起笔来在我的吉他上签下名字和日期，鼓励我要好好坚持梦想。我举着吉他，兴奋地从人群中穿过，又一次看到全场人注视的目光。这目光不再令我畏惧，只留有激越、幸福的感佩。我想，人也许不能一直在梦想里遨游，但至少可以有一些浪漫的光影吧。

还是在去年，金秋时节，纽约各界华人在卡耐基音乐厅组织举办了纪念华工参建太平洋铁路一百五十周年音乐会。我到现场一看，金色大厅里济济一堂，华人朋友和白人朋友都来了不少。转角处，偶遇前几年一同去华盛顿的中国音协主席叶老师，寒暄几句后各自分别。回身时，看到老艺术家周龙章先生就站在自己面前。他是罗大佑当年在纽约拓展音乐业务的重要伙伴。我们的上一次见面本该在两年前，散文家王鼎钧先生邀请我们几人一起吃饺子，怎奈天降大雪以致周先生未能赴宴。没想到，竟在这里续缘。

我们看看彼此，第一时间都笑笑，并没有说话。因为初次见面时，没有什么比看清对方的样子更为重要。其实，久别重逢也有同样奇特的味道。在明灭的街灯下、不息的车流中，我们不停地磨砺自己，就是为了拥有自己和他人所熟悉的样子。

熟悉的样子，是为梦想奋斗的样子，是你该有的样子。我和周先生，不过是在确认对方是否在追梦罢了。

作者云村 ID
北洋少年的梦

歌曲：我曾

演唱：隔壁老樊 | 词曲：隔壁老樊

INTERLUDE

在《我曾》里看见曾经与现在

听林

这个年纪听隔壁老樊的歌，总会被那么几句歌词直击内心，像是自己的心声被他道出。

去年十一月，刚在郊区怀柔住了一年的我，开始在北京市内找房子，没想到房租已涨得如此厉害。于是，理想的住所从四惠改到了通州北苑，几乎每次出行都要在八通线上多坐几站。

偶尔做完兼职特别累的时候，在地铁上每多出的一站都很难挨。这时，耳机里总放着隔壁老樊的歌，或许是《我曾》，或许是《多想在平庸的生活里拥抱你》。

日子一天天过得很快，工作无着落，却总得吃饭。做过一段时间写手，敲字敲到手指发麻后，我静下心来想：我在北京交这么贵的房租，写到天昏地暗，就为了一天两百块稿费吗？

刚毕业时，我也是意气风发，觉得自己会有一番作为。于是，工作，拓展人脉，还抱着遇到贵人能拉自己一把的幻想，每天都奔波忙碌。做兼职，希望增加收入，攒钱读进修班。工作熬夜加班成常态，追求存在感与成就感。

工作一年后，我辞了稳定的工作，将几乎全部存款都交了学费，只身一人去了怀柔，用一年的时间与陌生的同学在一个乡镇里追寻自己的表演梦。

一年中，我在角色身上体会到了爱恨情仇，在生活中结识了一群有趣又亲密的伙伴，并向着自己的梦想迈进了一大步，可在毕业时却遭遇了影视寒冬。更可怕的是，由于疫情，影视行业几乎停摆，我的梦想和我无一幸免……

隔壁老樊的歌词，与我的经历有着莫大的交集，可谓“我的生活写照”。我年少时对未来的幻想与梦，在一部部生活实景剧里，被逐渐剥离了美丽的外表，露出了现实的面目。

小时候看书时，总是以书为“圣旨”，对内容坚信不疑，认为“好好学习，天天向上”“生活美好，人生值得”等都是努力便可达到的目标，梦想在未来都将会实现。可那股子自信不过是因为小地方人少，自己易于突出，自我感觉良好罢了。进入社会才发现：山外有山，人外有人，自己终究不再是老师口中的那个“天才”了。

我长大以后的部分生活，被隔壁老樊写在了《我曾》里。我的感受与歌中传达的情感如出一辙。当感到自己被命运抛弃时，我庆幸生活中还有音乐，有隔壁老樊。他懂我的心，那些听懂隔壁老樊的人，我们“都一样”。这么一想，我就不再感到孤单，就有了继续逆流而上的信心和动力。

“列车运行前方是通州北苑站，下车的乘客请提前做好准备……”快到站了，我“昨天”搬到这儿，今天住在这儿，不知还有多少个“明天”会回到这儿。

作者云村 ID
听林 1895

歌曲 ▸ 天黑黑

演唱 ▾ 孙燕姿

作词 ▾ 廖莹如 吴依铮

作曲 ▾ 李偲菘

从天黑寻到天亮

竹剪子

第一次听到《天黑黑》，还是在随身听夹着卡带的年代。我与同桌各戴一个耳机，把头埋进高高的书堆里，被悠扬的钢琴伴奏与歌者的浅声吟唱带入一个飘然的唯我世界里。

那年，我高二，带着青春的懵懂和对未来的憧憬，在数不清的卷子和学不完的知识里，深深陶醉于“天空很大却看不清楚”的意境中。那时，我的世界里只有考试，但冥冥之中，觉得人生不该只是如此。

二〇〇四年，我如愿以偿来到一座离家很远很远的城市读书，同我一起来的还有迷茫与恐惧。出身于农民家庭、只会考试的我，被大学里百花齐放、百舸争流的氛围吓到了。我说着东北农村口音的英语，对计算机一窍不通，没有 QQ，不会注册邮箱，没吃过肯德基，没穿过美特斯·邦威……总之，我与身边的一切都格格不入。快坚持不住的时候，我在IC电话亭里给母亲打电话。絮叨完日常后，我就着电话挂断后的“嘟嘟”声，放声大哭，冲着话筒叫喊：“我不会用电脑，我的计算机课要挂科了，怎么办？妈妈，怎么办！”现在想起来，那可能是我人生的第一次突然崩溃。特别会学习的我，如果不会了学习，我不知道还能做些什么。

我现在，好想回家去……

低迷过后，我慢慢适应了背井离乡的求学之路，又变成了最会学习的人。顶着近摄氏四十度的高温，我泡在自习室里；别人早上睡懒觉，我在花园里读英语；同学们花前月下，我披星戴月地背诵、做题。努力换来的是成绩和荣誉，我沉浸在我所能控制的优势领域里，洋洋得意。那时，我的世界里只有成绩，但夜深人静时，总有一瞬间的恍惚，觉得人生不该只是如此。

二〇〇八年，我去往一座更遥远、更陌生的南方小城就业。入职没几天，北京奥运会就开幕了。由于宿舍没有电视，也没有电脑，单位领导特批我们几个刚入职的新人到单位食堂观看开幕式。听着雄壮的国歌，我们激动万分，心中对祖国充满无限的自豪，对我们自己的未来也无比期待。

我每天与客户打电话沟通，每周上门拜访客户，还要参与各种应酬。所有这些，都需有一颗七窍玲珑心和一张口吐莲花的嘴皮子。而我，好像都没有。一次与客户喝完酒后，我醉得一塌糊涂，感觉天旋地转，胃中翻江倒海。我打电话给当时的男友，大声哭诉："我好难受，我真的好难受！我不知道自己在做什么，这一切有什么意义?!"那次的迷茫，并没有因为时间的流逝和我的努力而消退，而是愈演愈烈。我没有客户，我一个自己发展的客户都没有，只能在别人后面做个小跟班，做一些只要有手有脚的人都能完成的事。有一次，同事让我帮忙到仓库去取送给客户的四床蚕丝被，包装是很大很大的箱子。可电梯坏了，我只能爬楼梯上楼，手里拎着又大又重的箱子，一边上楼，一边流泪。我是"985"大学的优秀毕业生，我到底在做些什么？我不敢在周会上看领导的眼睛，不敢在同事嘻哈打趣时凑上前去，更不敢告诉家里我有多么窘迫。当下的境遇不会因为"我会学习"而改变，我对自己完全失去了信心，不知道何去何从。那时候晚上下班，习惯走着回去，一遍遍地听着耳机里熟悉的旋律：

然而横冲直撞被误解被骗，是否成人的世界背后总有残缺……

不知不觉，嘴里有了一股又酸又涩的味道，我已泪流满面。那时，我的世界里只有自卑，灰色的自卑，觉得人生无他。我的人生不该只是如此啊！

二〇一二年，我放弃了高薪却痛苦的工作，回到家乡。因为……我得了焦虑症，需要回家调养。领导建议我先休个长假再说，我却毅然决然地要逃离那座城，不想再住在那间因不舍得花钱而租住的破烂房子里，不想再听到跟彼时工作有关的任何只言片语，更不愿去呼吸曾经的他一直在呼吸的空气。我就那样落荒而逃，丢盔弃甲，遍体鳞伤。

在家人的陪伴和系统的治疗后，凭借出色的学习与考试能力，我考上了公务员。来到新的工作环境，偶尔能用上我的大学专业技能，我就会有一点成就感。遇到新的人，虽然我仍然慢热，但经过岁月的沉淀，也获得一二知己。家人都在身边，曾经的同学也逐渐恢复联系，一切好像都朝着好的方向发展。

二〇一六年，我母亲患了癌症（早期），我嫁人了，弟弟娶了媳妇，我怀孕了……人生大事好像都在这一年劈头盖脸地朝我扑来，却没人问我是否真的准备好了。我还没寻找到人生的答案，就卷进了对母亲生死存亡的担忧，对婆媳关系好坏的探索，对孩子爱却不甘被束缚的纠结。那时，我的世界里只有忙碌和纠结，仍不知人生该有些什么。

二〇二〇年，新冠肺炎疫情暴发。别人都在家里避疫，而由于职责在身，我早早地回到工作岗位。整天无以复加的工作量使我的焦虑症又犯了。我的家人、朋友、同事都给了我巨大的关怀和鼓励。药物刺激下，我整天昏昏沉沉的，休了好多天的假。我开始接受心理咨询，读心理学书籍，听心理学直播课。回忆我曾经的痛苦与纠结，皆因我不认识自己，看不清自己的需求，不断压抑自己，只从外在上寻求肯定，却从不肯好好对待自己的心。慢慢地，通过治疗、咨询与打坐、冥想，我与自己的链接越来越多，对自己的了解也越来越多。曾经不断探寻生命的意义，却是舍本逐末之举。殊不知书读百遍，其义自见。人生亦如此，活在当下，终有一天，其义自见。

现在的我，痛苦，却也所得甚多。不知道未来某年的我，会如何看待今日的我。我仍在与焦虑对抗，但是我知道下起雨也要勇敢前进，我相信，一切都会平息。

作者云村 ID

竹剪子

歌曲 ▸ 追光者

作曲 ▾ 马敬
作词 ▾ 唐恬
演唱 ▾ 岑宁儿

追光的人

而柃

平凡的世界里，有些人忙于生活，有些人忙于追梦。而我在这现实与理想的交点上，听从内心的声音，忙着奔向那道温柔的光。

她很聪明，情感丰富，却不乏理智。和我交往的她，可爱又娇小；和我分开的她，可望而不可即，令我难以捉摸。但很长的一段时间里，她都在影响着我，大到三观、处世方式，小到听歌风格、写字样式……她无处不在。对我来说，她就是我要追逐的那道光，那道遥远却又温暖的光。

雨夜的光斑

分手后，我和她的联系变得可有可无。不是一些无诚意的节日群发祝福，就是一些为了聊天而聊天的无意义内容。

分开一年后的某晚，她发来信息，“嗯，我们都吃完了，准备回家了”。

看见她的短信，我猛地拿起手机，决定秒回她。可是该回什么？回她聚会吃饭时间也太长了？不行，这样显得我没有耐心。那回她天已经晚了，而且外面都下雨了？这是废话。该怎么回她，才自然又不敷衍呢？有了！

“你呢，打算怎么回家？天这么黑了，还下着这么大的雨。”天才！这么回复，不仅自然，还隐隐地关心了她。“不知道，我没有带伞，又不想打车回家，太浪费钱了。”这是在暗示我吗？不可能。她早就对我失望透顶了，怎么可能回心转意？但……万一她真想回头呢？想到这里，我兴奋起来。

“我可以去给你送伞！”我飞快地码好字，刚要按下发送键时，却迟疑了。以我对她的了解，她只是客观描述了当前处境，并不是暗示。当然，分开这么久，她变了也不无可能，毕竟她从不缺钱，怎么可能不舍得打车回家？有些认真的话，都藏在玩笑中。

“嗷？我刚好在附近，还有一把多余的伞，一会儿路过你那里。”

太假了。这句谎言会被她一眼看穿，我只是很想很想帮她。我从愣神中缓过来时，想撤回却为时已晚。等待令人煎熬，我感觉每一分钟比我经历的人生还要长。谢天谢地，对话框中终于蹦出了新消息。

“你真的顺路吗？”

“当然！”我还没思考，就敲字发送了。

“那好吧。”

那好吧？至少她没有拒绝我，我体内的多巴胺和肾上腺素瞬间爆表。我激动地挑上一身帅气合身的夏日清爽套装，抓起两把伞向门外冲去。

“你要去哪啊？这么大的雨。”母亲关切地问。

“去拯救世界！”

在母亲眼里，我的所言所行是难以理解的。但人啊，不向来就这样的吗？动了情的人，匪夷所思的事，绝配。喊完那句帅掉渣的台词后，我感觉到天宇有一股强大的力量向我坠来。那一刻，我心生使命感，好想化身为 M78 星云的奥特曼大战怪兽，也想穿上钢铁侠的铠甲单挑紫薯灭霸……我是拯救行动中的一员，我就是主角！我飞速下楼，步步带风，又像刘翔冲刺最后一个横栏一样跨过单元门，冲进雨中。然后，我被吓退了。

浇不灭的心火

雨大得离谱。我躲回单元门后，发现仅仅几秒，全身就湿了一大片。我有所迟疑，拿出手机，想要和她商量商量别的办法。

可食言会有损一个男人的尊严，我就忍住没开口，只好思考如何应对这场犹如塞伯坦星球混战的大雨。有了！平日里，在负情绪缠身时，我总会听歌，调大音量，把自己和周遭隔离开。这也许是解决眼前困境的最好办法。我掏出耳机，点开私人 FM，安慰自己："听不见雨声，就当是在洗澡吧。"

如果说你是海上的烟火，我是浪花的泡沫，某一刻你的光照亮了我……

我撑着伞，只管跑，任由雨夜将我吞没。我跑不动了，雨却没有变小的迹象。

鞋湿透了，头发也遭殃，雨伞这不称职的东西。我摘下耳机，将沦为累赘的雨伞收起来。我大口喘气，呼吸着夹杂腥味的湿气。我边跑，边觉得自己好笑。我如此卖力，到底是为了一道光，还是为了一个不喜欢我的女生？

"雨真的好大，要不你还是别来了，我等雨小了再回家吧。"手机屏幕亮起，同时亮起来的，还有藏在我心底的希冀。我知道为什么而奔跑了。光人合一，我既为了光，又为了她。

有的爱像大雨滂沱，却依然相信彩虹。

回忆起这句歌词，对照此情此景，恰如其分。我擦擦眼睛，分不清遮住视线的是从发绺上滑落的雨水，还是从眼角溢出来的泪。不论它是什么，都顺着脸颊向衣襟或大地奔涌而去。

光，这么近却那么远

饭店门口。门里的她蹲在那里，撑着脸看着我，双眸宁和；门外的我踩在水里，低着头冲她笑，一脸痴相。

“你真来了啊，不是说雨大，不用麻烦你了嘛？”

“嗐，都说了顺路嘛。”

“哦……那走吧。”

“好！”

她绝不至于感情用事，据我所知是这样的。但我至今都没明白，她那天为何愿意和我一起走。雨那么大，她应该知道，即使撑着伞，也会被淋湿。送她回去时，我只好默默地祈祷雨小点，再小点。

“路上一个人都没有。”她目视前方说。

“不是还有咱俩吗？”我连忙回应。

“你全身都湿了。”

“哪里，我脸不是还干的吗？再说了，要不是来时旁边车开太快了，溅了我一身水，也不会这么湿的。”

“哦……这样啊。谢谢。”

“你太客气了，我就是顺路。”

虽有些延迟，但上天真的听到了我的祈祷，把雨变小了。我们俩放慢了脚步，就那样并排走着，走在那空荡荡的大街上，气氛刚刚好。

“那个……跟你说一件事。”我侧过身，对她说。

“什么？”她扭过头来，视线擦过雨伞的下缘，落在我眼里。

“我……还……喜欢你呢。”

……

心跳加速，情绪充塞了五官，时间都被逼停。我连雨声都听不清了，只见她扭过头去，嘴巴动了动。她说了什么？似乎什么都没说，只是动了动嘴唇。

“挺尴尬的。”我想。送她到家后，雨很识相地停了。我戴上耳机，随着旋律哼起了歌，逆着来时的路走去。

你仍在发光

几番春去秋来，当年稚气的少年变成了略带胡茬的成年小伙。对于很多事，我以为自己可以和她一样，不再感情用事。可在某个随机光临的超市，某家熟悉的咖啡馆，或在某个音乐电台里，听到这首歌时，我都会想起那个夜晚，那个为了心中的光而风雨兼程的少年，和他无法得之所爱的忧伤。就像是心爱的手机掉进下水井盖的缝隙里，在你无数次尝试后，却发现怎么也捡不起来的感觉。刹那间，我泪眼滂沱。

我可以等在这路口，不管你会不会经过……

无论这些日子你是否经历，是否参与，我都会在这里等你。一旦看到你的身影，我就会狂奔在你的背后，直到你肯蓦然回首。

在我看来，这样的行为不是卑微的单恋，不是渺小无意义的付出，而是一种向光而生的无畏，一种不惧风雨的勇敢。

除非……除非你说，我打扰到你了。

作者云村 ID
而柠

歌曲 ▶ 棋生

作曲 ▼ 周 益
作词 ▼ 暴龙 er
演唱 ▼ 炙融合乐团

此生如棋 胜负谁来说

暴龙 er

夜半无眠，我打开手机在自己的歌单里随意翻找着，对着那一个个熟悉的歌名，只需一眼便能在脑海里响起旋律——可就是在这样一个难挨的深夜，竟然没有一首歌能给我驻留片刻的冲动。

最后，我还是向耳朵妥协了，停在熟悉的歌曲界面，听耳机里传来低沉的古琴前奏。这首歌叫《棋生》，是一首曾让我不禁落泪的歌。

糟糕是个无底洞

三年前的我还是一名高中生，过着平常的日子，习惯了学校与家两点一线的生活，周末偶尔会和要好的同学一起出去玩。可由于成绩始终不太理想，性格内向的我变得更加不愿表达，害怕与人交谈。我整日胡思乱想，还产生了厌学情绪，成绩一落到底。有天考试，我趴在桌上半节课，最后只写了一篇作文吐露心声，义愤填膺地把应试教育否了个遍，没考虑对我稍有偏爱的语文老师看了会怎么想。就这样，我交了大半张白卷，颇有叛逆症晚期不可一世的样子。

其实，我十分迷茫。在学校的表现如此糟糕，我不知道该如何面对一直对我抱有厚望的父母，更不知道继续颓废下去，我的未来会怎么样。

黑暗中的花火

文字是我唯一的爱好。我以前总喜欢把脑海里的奇思妙想写成小说给邻座的同学看，后来受许嵩的歌词启发，便开始尝试写歌词。

一次机缘巧合，有人看到我发在网上的歌词联系了我。那时我还没想过，随性写下的词竟可能被谱上曲、唱出来。那天，我和那人聊了很久，关于我的歌词，关于他的乐队。他执意要我叫他“川弟”，说在乐队里他年龄最小。我看了一笑，打字过去，“我才上高中，还是叫你川哥吧”。就在那天，我知道了四川有个“炙融合乐团”，他知道了东北这边有个会写词的高中生，笔名“暴龙 er”。

在黑暗中待久了，自然会渴望光照进来，哪怕只是一丝一缕。当时我暗下决心，一定要写出好词。只有这样，我才能成为一名优秀的词作者，才能证明自己并非一事无成。于是，我毅然地踏上了这条“不务正业”的路。殊不知，若与常人背道而驰，就只能忍受误解与孤单——在备战高考的大环境下，我的想法过于不切实际，而与素昧平生的人共同创作一首歌，听起来也像痴人说梦。更何况以我的水平能不能写出让人满意的歌词仍是未知数。

但在一切尘埃落定之前，我不想放弃，也不会放弃。我没日没夜地反复修改词稿，咬文嚼字，还为了一句词辗转反侧，难以入眠。好几次，我都在疲惫与失落中睡去，次日醒来，又心存期待地打磨词句。成为词作者的梦想支撑着我，让我在熙攘的人群中得以心安，不会因为落单而惶惶戚戚。

东方之既白

十一月，雪总是来得匆忙，仿佛迫不及待地让人领教它的寒冷。我独自走在雪地上，在昏暗的天空中找不见朝阳，却仍有一丝痛快——昨夜收到川哥发来的一段弹唱：

二十三弦拨弄一曲悲欢都道破，浊酒入喉穿肠来者已泪眼婆娑。

这是我不久前提交的歌词中的一段。川哥看后觉得不错，决定为这首词谱曲。我本以为定调子会困难重重，不承想这么快就有歌的模样了。这段只有十几秒的视频被我反反复复看了不下百次。我如获至宝，像个表现良好的小孩终于得到了想要的奖励。它证明了我的坚持没有白费，付出必有回报。

在那以后却是漫长的等待。乐队作曲、编曲、录唱都要耗时，我只好回归与从前无异的生活，偶尔会想："当听到用自己的词谱成的作品时，我会是怎样的心情呢？"

冬去春来，像是一场梦。梦醒的时候，我庆幸自己没有踩空。在茫茫人海中被发现，被肯定，被拉进一个千里之隔的音乐创作项目，这是很多人求而不得的机会。所以在发歌那天，我藏在自己的房间里，兴奋地循环着这首来之不易的歌，不知不觉中，泪水已充盈了眼眶。

这首歌就是开头提过的《棋生》，棋子的"棋"，人生的"生"。

我是作词人

提笔写尽一生曲折，棋落明眸善睐识得，回望这山高辽阔，眼前对手又有谁何……

我把这首歌分享给一个要好的同学。结果第二天，他就在校广播站播了它。当时我正一个人走在操场上，听见熟悉的旋律后，不自觉地慢下脚步，在昏暗的天色中四下环顾，紧张得像做错了什么。

就在那天，"某某某会写歌词"的消息像风一样在校园里传开了。以前，我只想把歌词写好，没想过该如何面对慕名而来的人们。同班同学更不用说，第二天，将刚刚走进教室的我团团围住。任课老师也在下课时找到我，问那个"暴龙 er"到底是不是我。

我统统点头回应，不是为了装深沉，而是不知说什么好。现在一回想，在中学时代有一点学习以外的成就，都会被人羡慕。若不是得到了幸运女神的眷顾，我肯定会成为反面教材。可话说回来，正是因为勇敢坚持，无畏尝试，才能抓住机会，让不切实际的事情变得贴切。坚持也许会后悔，但总好过放弃而遗憾终生。

当前，我已与炙融合乐团共同创作了多首歌曲。虽然我们还没见过面，但合作起来已十分默契。这或许就是音乐的魔力，无论相隔多远，都能让我们惺惺相惜，感受着专属于我们的那份悲欢离合。而承载我太多回忆的《棋生》，仍在静静地等待你来听一曲山高水阔，品一段青春里不为人知的故事。

作者云村 ID
暴龙 er

歌曲 ▸ 渔火闪闪

作曲 ▾ Dewayne Blackwell
作词 ▾ 卢国沾
演唱 ▾ 区瑞强

渔火闪闪

风期

“嗯，急着用……是的，很急……就两天，那之后马上还你……喂……喂……”

一手汗。我微抖着，把手机塞进兜，感到大腿根发热。

一边走。七月的黄浦江边，没风也这么多人。

异乡掉泪。如果我一定要这么做，最好找个连狗都看不到的地方。

为抵押老家房子这事，妈跟爸吵了一架。我当时双手抱拳，举过头顶，向他们承诺，会两三倍奉还，才得偿所愿。上周，我又回去，一家三口在饭桌上没话。爸出门送我时，我说再跟他借一点。这时，妈穿着拖鞋，“嗒嗒嗒”地从屋里冲出来，一边朝我的头顶扇巴掌，一边说：“我们两个老的，连房都租不起了！你是不把家里掏空，不把你妈气死不会甘心的！你那破玩意，有人买就卖吧！！”

回上海的火车上，倩倩来电话，说洗衣机她搬走了，算我一半，钱马上打给了我。这几天，我四处借钱，还找了个晚班，在夜总会门口做保安。昨晚有两个大嗓门的客人，三摇两晃不动手，却互砸对方的车。我上去拦，二十来岁的海军帽，打着酒嗝让我帮忙，还说打掉对方一颗牙就给我一万块。我差点向对面的金毛要价，问他两万一颗买不买。如果买，我就把海军帽的牙全部打掉。但我不敢，哪怕钱对我来说很重要。债主上午发来微信，是张法院传票，他让我也转给合伙人。那家伙，消失九天了，他老婆那儿什么也问不到。

远处高楼的灯光，今晚尤其浪漫，仿佛浪花在城市的氤氲中摇曳着。之前，我极不理解一下班就赶着回家的同事，趁年轻不多加点班，怎么做人上人？

不曾受挫的自信家伙，也许只有错过很多很多次，才能对周遭多点包容。

对面的爷孙俩，老人提着麻袋，七八岁的孙子帮着拎，走几步歇一下。在马路中央，他们被车喇叭急促地催着，老的挪着步，孙子急忙忙地往前拖。他那望向汽车的眼神一定带着乞求，我想是。其实往日，我都不吃这么撑的，今天怪了，还特地跑去跟队长请假，出来遛弯。也许，这一切只为遇见他们。

我接过他们的麻袋，小孩看了我好几眼。这麻袋很重，里面好像是石膏像，也可能是铁的。路过街心公园后，终于迎来缕缕风丝，停下歇会。风轻扑在湿透的保安服上，搅起混着烟草和蔓越莓汁的微微汗臭味。在这静夜，如果没有愁，孑然于此，感受着风，听城市讲述不同角落的故事，那会好幸福。老头看我一个人不行，就跟我一人提一边。

上坡时，小孩也帮忙，“呼哧呼哧”地往上顶，样子可爱。

渔火闪闪擦浪涛，随那海浪舞……

我唱到一半忘了词。

“叔叔，你唱的是什么？”

“我小时候，听我爸唱的。”

“可我听不懂，讲的是什么？”

“那时候我也不懂，大概是爸爸教孩子要勇敢，像海里的小船一样，不怕风和浪吧。”

“哦。”

他们爷孙俩走了，但写这歌的人走进了我的脑子。他确定是爸爸？也许是叔叔呢。不，想想应该不是。创作人分明有种期待和决心，要跟儿子在以后的二十年，甚至更长的岁月里，共同面对厄困。还有，互相理解，笑看命运。想给儿子最好的爱，给他无穷的快乐，但也必须让他感受到世间的残酷、悲哀和疼痛。我记起小时候，每天晚饭后，爸都会牵着狗狗阿灰，带我走在夕阳下的河滩边上。那种惬意，我现今每每忆起，眼泪就会止不住地流。

孤独。但二三十年过来，我相信着，从河面的粼粼波光到城市的霓虹灯光，总会有个伴儿在陪我。这么想，就不那么孤独了。

南风轻轻送木船，谁去掌木橹……

下半段歌词记了起来，脑子没那么乱了。那张名片，还在不在？

我当时扔掉那人的名片，虽是一时冲动，但也是从心之举。我绝不会屈服市场，向任何人转让专利——我妈口中的“破玩意”——多一倍价钱也不行！再有，他那镇定背后的小人得志的嘴脸令我作呕。他找过我两次，我扔了他两次名片。项目推广失败后，我强烈怀疑是他在从中作梗。可我现在……

想着想着，天边亮起了鱼肚白，我也考虑清楚了。名片没了，他人还在。那就卖掉梦想，重新来过吧，好戏还在后面。

等有了娃娃，在某天，我会告诉他：痛惜而落泪的长夜，是为不辜负明天的清晨和倔强。

作者云村 ID
风期 F

歌曲 ▸ 都是夜归人

翻自 ▾ 许美静
词曲 ▾ 陈佳明
演唱 ▾ 阿云嘎 郑云龙

都是夜归人

芥予苏

这是八月盛夏的一个夜晚，若在往年，我应该在家中吹着空调，看着电视，舒适惬意。可是看看现在的我，坐在一片草丛围着的空地里，时刻留意着耳机中导演的声音。若是导演喊了声“过”，我就要把身边重整好妆发的演员们带到不远处的那顶军营帐中。

正在拍的这一场戏已经耽误了不少时间。我要确保演员到位，不能因为这个再浪费不必要的时间。同时，我也默默祈祷，希望演员们都拿出好状态，尽快完成，不然怕是又要熬一个大夜（通宵拍摄）了。

我一回头，看到在认真背台词的小演员，一个十三岁的小姑娘，长得眉清目秀。她叫佩璇，和我一样也喜欢音乐和音乐剧，所以在片场等戏时经常会找我聊天。她抬头看了看我，微微一笑。这时，耳机里终于传来期待已久的“过”。我赶紧站起来，带上佩璇和其他几个演员去现场。

夏天，人在横店这密不透风的营帐中拍戏，相当难受。我耐不住这闷热，和现场导演示意了一下，便轻手轻脚地出了营帐，果然外面的空气好多了。

我在一个不影响拍摄的台阶上坐着，抬头看到天上的月亮和星星，看来明天是个好天气。可那意味着明天又是暑热难耐的一天，我不由得苦笑。难受的不只有气候，还有我这招蚊虫的体质。先前我没注意，结果被蚊虫叮了满腿的包，奇痒无比。我只好穿长袖、长裤和长袜，将自己包裹得严严实实的，还曾被导演打趣道，我适合在夏天拍古装戏，耐热。

已是晚上十一点多了，我感到头昏脑涨的，便想着听听歌，解解乏。戴上耳机，熟悉的歌声响起，屏蔽了四周的蚊虫声和蛙叫声。我不知不觉地睡了半个多小时，直到佩璇来到我身边才醒。她已经换下了戏服，说今天戏不多，拍得快。我笑着说："那是因为你认真，演技也好。"

我摘下一个耳机递给她，她笑着问我可以点歌吗，我便将手机解了锁给她。她知道我喜欢郑云龙，所以她选了一首我歌单里的常听曲目，还朝我眨眨眼。其实我俩变得这么熟，正是因为这个共同的偶像。

《都是夜归人》的前奏刚一响起，恰巧现场开始换景，原本较为安静的夜变得嘈杂起来。不过我俩坐得偏，并不影响现场工作，便没有挪动，只是看着工作人员在眼前来回走动，匆匆忙忙。听着听着，佩璇跟着轻轻哼唱：

彷徨着彷徨，迷惘着迷惘，选择在月光下被遗忘……

不知是因为这轻声哼唱，还是因为月光太晃眼，就在那么一瞬间，我像是被什么击中了一样，莫名心酸，眼泪已在眼眶中打转，幸好隐藏在夜色中，没人发觉。

我望着月亮，没有哪一刻像现在这样被一首歌打动。这个组是我跟的第一个组，剧组不大，所以各个方面都不能和大制作的剧组相比。来到这里前，我非常兴奋，幻想了很多很多，感觉可以近距离地接触我所喜欢的行业，是一件值得庆幸和感激的事。

可是现实和想象有差距。连着熬了几天大夜，时刻应对现场演员的情绪变化和各种突发状况，加上横店的湿热气候和蚊虫叮咬，都让我在初来乍到的那段时间极度苦闷。我甚至想过，要不就回家吧，回到那个曾经无数次想远离的地方。可是我告诉自己不能，不能就这样轻易放弃。如果这都熬不过去，又何谈追求梦想呢？所以，我在横店这个充满戏剧梦幻的镇子里，一边工作，一边流浪着、迷茫着。每天，看到眼前上演的一幕幕，我有时也会恍惚，到底是人生如戏，还是戏如人生啊？

其实，《都是夜归人》的原版我也很喜欢，但是听了总会有挥之不去的伤感，而郑云龙和阿云嘎的这一版里，除了伤感，还有温情。这版就像一条细绳，温柔地牵引着我，让我在迷茫和流浪中找到了伙伴。

佩璇说："姐姐，你之前问我会不会一直演戏。我想好了，我会的。因为我热爱它，只要我坚持，就肯定会成功。"她望着我，眼睛很亮。我相信她一定会成功。我问她，会渴望其他孩子的玩乐时光吗？她说不会，因为她在做她热爱的事。虽说过程会有艰难，但总会跨过去的。

歌曲接近尾声，温暖的声音还萦绕在耳畔。我又何尝不是呢，我也在努力追寻着我心中的梦呀。其实过了前几天的浮躁期，我后来感觉好多了，或许是习惯了，或许是认识了这里许许多多有趣的人。想到这儿，我感到疲惫消退不少，四周不再闷热，反倒变得清爽。我很幸运能够认识这个剧组的所有人，有人是追求梦想的实干家，有人是幽默多趣的灵魂大师。由于他们的存在，我才找到了迷失的方向和温暖的曙光。

背着大大的化妆包，汗流浃背的化妆姐姐，说她想要画出最棒的妆面；退伍回来，因力气大而做道具师的兵哥哥，说他想给女儿更好的生活；小有名气的可爱小演员七七，说她并不那么适合演戏，已经决定出国深造……我，希望可以拍出自己的电影作品。

我们都是不同人生旅程中的行者，也终将是某个地方的归人。那个地方或许是家，或许是梦想的彼岸，或许是其他有了归属感而不愿再远足的地方。但是不管怎样，我们都要在迷惘中不断前行，才能在突围时找到方向。

现在的我，已回校继续学业。在梦想面前，其他诱惑有很多。

每当我犹豫时，就会想到那个夜晚，那双明亮的眼睛，那首温润了我心灵的歌。都是夜归人，又何以畏惧，让我们结伴去寻光吧。

作者云村 ID
蘇蘇蘇 9901

歌曲：儿时

演唱：刘昊霖 | 作词：唐映枫 | 作曲：刘昊霖

INTERLUDE

老厂，老厂！

樾然

“铁道旁赤脚追晚霞，玻璃珠铁盒英雄卡，玩皮筋迷藏石桥下……”

一曲《儿时》忽然响起，舒缓的旋律如同田埂间的流水漫延开来，萎蔫的记忆渐渐鲜活……

老厂里住着的，都是当年厂里的工人和他们的子孙们。后来，厂子倒闭了，改成小区，但我们还是愿意叫它“老厂”。

老厂的一片空地上搭起一个绿色的大棚子，里面摆放着各家闲置不要的椅子。在露水迎接朝阳的清早，在影子躲进脚底的午间，甚至在月亮独享人间清静的夜晚，老人们都爱聚集在棚子里，和老工友扯话，夸夸自己的小孙子，笑笑闹闹地消磨时光。

棚子有一条不成文的规矩：女人里边坐，男人外边请。不知是约定好的，还是那代人骨子里的真挚。总之，自打我记事起，就这般光景。老奶奶坐在棚子里聊家常，老爷爷坐在棚子对面的长椅上一字排开，天冷时搓着手，哈着气，天热时“呼哧”“呼哧”地摇着蒲扇，连下雨天都只躲在边上的小破棚子里，鲜少踏足大棚子。

有些奶奶不肯坐下来享清闲，三五成群，在院子里闲逛，遇到邻居家的小孩就和蔼地笑笑，每人递上一块糖。我们那儿的老人，基本上兜里都揣着给小孩预备的糖。

不来棚子的爷爷们，要么宅家，要么找个清净的地方下象棋，我外公就是一位棋友。下棋的位置飘忽不定，我常常骑着小自行车瞎转悠，不一定在哪儿就遇见了他，便抖个小机灵，在自行车上做点手脚，然后央求正在楚河汉界大展雄风的他给我修车。他非但没有半点不耐烦，还笑眯眯地丢下棋友，为我一个小丫头忙活。

那时光无忧无虑，令人难以忘怀，现在想想都觉得不真实。

可不知何时起，厂子变得冷清了。棚子里外的椅子还在，人却零零星星，摇蒲扇的手渐渐有气无力，有的老人永远地离去了。终于，还是轮到了我的外公。从此，楚河汉界的一侧少了一员大将……

这，是一代人的谢幕。

厂子承载着他们的青春和汗水。他们曾在这里奋斗，最初为了生计，后来为了儿孙。棚子依旧伫立着，长椅还在沉默，桃花年复一年地开了又谢，下棋的石台还在等待下一局谁主沉浮。老厂还是老厂，可是有谁会记住他们？

人终将会逝去，时光却不会为此停留。我们在这里相遇、相知、相离，不过是走过生命中的某一条街道，在一盏盏昏黄却努力照亮他人的路灯前短暂停留，又匆匆赶路罢了。

我们以为自己停下了脚步，实则它始终紧跟着时间，不曾停歇。既然如此，我们怎能不努力向前？时间不老，人会老啊。

透过窗户，我看见一簇簇盛开的桃花，如往常那般娇艳，那般惹人喜爱。花树深处，藏着那顶绿棚子，老人们谈笑风生，孩子们追跑玩耍，棋局甚是紧张，一位老人在给外孙女修车。

“我们就一天天长大，也开始憧憬和变化，曾以为自己多伟大……”

歌词依旧，旋律依旧，润泽我的心田，生发了春芽般的童年记忆。回眸过去，再勇敢向前，无论未来如何，我都不会忘了自己是老厂人，永永远远。

作者云村 ID
Misanthrope
–Sharon

歌曲 ▸ *Spring Day*

演唱 ▸ BTS

词曲 ▸ "hitman"bang ▸ ADORA ▸ RM ▸ Pdogg ▸ SUGA ▸ Peter Ibsen ▸ Arlissa Ruppert

春　日

菲咪

“我有点想你……”当我在手账本上用力地写上这句话时，耳机里的这首听来略微悲伤的旋律，正无限循环着。这是我第几次独自等待春日的到来了呢？莺歌燕舞之时，有些人只是呆呆地站在那里，就显得异常孤独。而我的影子被剪成电影，被写进书，被揉成一团废纸，被塞进了这首予我孤独的歌里。

我一直以来，就没什么朋友。“这孩子性格孤僻，从小就这样。”记不清多少次听过这句话了，本就敏感的我，渐渐地对这类评价也从在意变得麻木。原生家庭的氛围造就了这样的我，小心翼翼活着的我。不知从何时开始，我不会特别开心，也不会特别难过了。我内心的聆听者，已从零星的朋友变成案牍上的一堆废纸。半夜三更，亲情，友情，人间所有的情感，在我这里，形同虚设。难过的劲头一来，干涸的眼眶里便会蓄满星河。

“我很难过，你知道吗?”这句话，当我对着家里的墙问了几百遍后，我觉得世上真的不会有人理我了，于是盯着高楼的阳台想入非非，迸发出无数不好的想法。“这个世界啊，准是将我给忘了……”迷迷糊糊的时候，有个人向我走来，说：“我叫肉肉，我来照顾你。”泪眼婆娑中，我仿佛能勾画出她迷离的样子。我和她还拉了钩，把我的一切都托付给她。“拉钩上吊，一百年不许变……”

高中是道分水岭，把我每天眼巴巴望着的遥不可及的梦想和我这个可怜人隔开。“学艺术你只能想想,家里的情况你也不是不知道。”每次刚想对父母软磨硬泡时，他们口中的现实就遏制了我的冲动，于是我只好学着让我三生三世都意难平的讨厌课程。“我们忍一忍吧。好吗？你还年轻，喜欢的事可以等日后再做。知道你难过，我们一起面对，应该快熬过去了。”

活着总要有个盼头：有人为了钱而活，有人为了家人而活，还有人为了活着而活。但我要为自己的梦想而活，否则就不能叫活，万万别做在世间行尸走肉般苟且偷生的某某。肉肉与我达到了高度的共识，她还说从何时开始为梦想奋斗都不算晚。经她一点拨，我密不透风的心房迎进了神圣的光。

在冲刺阶段，当我困到不行时，肉肉会鼓励我坚持住，甚至拿梦想要挟我；早上起床、心情不好时，肉肉会拍拍我的头，让我清醒；和同学闹矛盾难受时，肉肉会帮我想重归于好的办法；噩梦连连时，肉肉会紧紧地抱着我，给我安全感……

“你还想考重点大学？痴人说梦吧。”

“如果不行，你就别努力了。”

“同学，你这个成绩只能考虑二本三本了。”

“如果太累就随便考吧，本就没想着你能考好。”

……

我感激肉肉的存在，不然我会昏死在这听来刺耳的话语里，它们来自我的同学、老师，甚至我的父母。每当身心俱疲，下一秒就要倒下时，肉肉就会奋力支撑着我，带着我挺了过来。于是，我相信，世上只要有肉肉的存在，我就没什么可害怕的。

可考上重点本科后，我再也找不到我的肉肉了，那个在我失眠时安慰我的她，在我委屈时给我打气的她，那个……曾经天天陪着我的她。我的人生还有大半，困难都在前方对我虎视眈眈，我不能没有她啊！可不论怎么唤，都唤不回来了。

一个深秋的傍晚，我在操场上喝闷酒，从耳机里听到了这首歌，当初作为一首给自己打气的歌，现在听来，却觉得讽刺。副歌部分的“想你”贯穿我的脑海，我忍不住条件反射想到了她，泪不住地流了出来。

想她，可她到底在哪？流过泪的岁月，在记忆中连轴转动起来，我不停地翻找。那些年没登上的台，没爱过的青春；生活中那些以爱为名的毒箭，刺穿我伤痕累累的胸膛……可在黑暗中，那个自我救赎的场景里，我找到了她！仔细一看，那个人不再是肉肉了。我当初为了让自己坚持下去，潜意识地和墙上的影子拉了个钩，做了个无比苛刻的约定。自那时起，我就认定她真实存在，给她起名“肉肉”，与她形影不离。此去经年，我最珍惜的人最终还原成了自己。

下雪了，酒瓶偷偷地滑落地上，发出颠扑未碎的声响。雪花落在脸上，给了我微凉的清醒。我该释怀了，该学会独立和坚强，也该接受肉肉就是我自己的事实。我不必再借肉肉之名来保护我自己、爱我自己了，因为我把原本对春天的承诺兑现到当下：我长大了。

手账本还停留在想你的这一页，不过，日子倒是可以继续勇敢地走下去。每个人都有自己的“肉肉”，当你艰难困苦时，Ta 就会从你的意志中跳出来，紧抱着你，告诉你，Ta 在。

现在，每当 *Spring Day* 一响，那段充满安全感和故事性的“自救”经历，就会使我热泪盈眶。

作者云村 ID
菲咪酱很甜

歌曲 ▸ 夏天的风（Live）

演唱 ▾ 刘瑞琦
作词 ▾ 天天
作曲 ▾ 周杰伦
翻自 ▾ 温岚

夏天的风

瑾念JY

说起来也奇妙，记忆中的每一次相遇都来自夏天。夏天的风究竟往我身边吹来了多少人，又吹散了多少人，就连我自己也说不清。但只要一听到这首歌，就好像又回到了那个夏天，回到了那个舞台，看见了那个明媚自信的自己。

初遇天歌时，我高二。那是一个炎热的午后，学校已经因为渐热的天气，推迟了下午上课的时间。没有午睡的我，却带着“起床气”站在学校门口，顶着大太阳掐着秒等着他。在距离约定时间还剩六分钟时，我萌生出一丝戾气，用从没有过的语气给他发了条信息。

“大哥，你在哪里呀？”

“我在！”

我愣了，心想这货怕不是小爱同学（小米音响）吧？然后我开始前后张望，离我最近的活物只有旁边树下的一条吐着大舌头的狗，正在流着口水看着我。

“我没有看到你，你到底在哪？”

“你别动。”

我对着手机翻了个白眼，发誓这一定是我遇见过的最让我无语的一个人。就在这时，我隐约看到教学楼那边有一团黑影向我蠕来，越看越觉得它像个巨大的“人形毛毛虫”，比例异常奇怪，头上还长着触角，实在不像个灵长类动物。

这该不会就是我要等的人吧？我内心是拒绝的。于是我不死心地编辑消息询问这个人是否是他，结果“它”站在我面前，说“是”。

我悄悄地上下打量着这个巨型的人形毛毛虫：厚厚的毛线帽圆润地包裹着他的头，松松垮垮的外套和裤子让他显得异常强壮，脖子上挂着大大的耳机，还背着巨大无比的书包，也不知道里面都装了些什么，但，一定很重。

我实在难以理解，在这么热的天气有人竟会戴着毛线帽出门，他一定是人类进化史上的一朵“奇葩”。这一切的一切都让我无法想象，他能教我们什么。

遇到他的几周前，校领导通知我要举办联欢晚会。我是广播站站长，那将是我最后一次参加学校组织的文艺活动。出于私心，我希望广播站全体人员一起演个节目，以此来纪念我们共同奋斗过的岁月，并将那段往事完美打包，留个念想。

我们排练了一个小品，商量要在结尾加一小段轻松搞笑的舞蹈，让整个节目看起来更加丰富多彩。因此，我们需要一位舞蹈老师给我们编舞。在广播站成员的推荐下，我就在那个没有午睡的炎热午后，和天歌猝不及防地相见了。

实际上，我对他的质疑仅持续了不到半个小时。当我们所有成员聚集在一起时，他先是咨询了小品的基本信息，了解了每个人的个性，再凭借经验分析剧情和角色，聊着聊着就让大家忘了原来的小品剧情，因为他直接拟出了新的小品大纲。

他重新设计的剧情令我们惊艳，角色分配又可最大程度地发挥每个人的个性。人不可貌相，倒是我“以貌取人”了。

就那样，本来作为舞蹈老师的他，莫名其妙地成了这个节目的总策划兼舞蹈老师、音响师、舞美师、灯光师、服装造型师、司机和后勤保障员等。

接下来，我利用我的“小职权”拿到了专属于我们的排练室。天歌开始传授他在大学时期的舞台表演经验，教我们站位、念台词、表演技巧,以及怎么用两个话筒完成一整场小品。排练氛围轻松愉悦，每个人也都愿听“权威”的话，不会像我们之前编排节目时总会吵得脸红脖子粗。可这次，每个人都在他的影响下放松下来，并演出最真实、最自信的自己。

一切都步入了正轨。

也在那个时候，我才知道原来他的大书包里装的全是吉他谱，他会在排练之余弹吉他给我们听。记忆中，他给我们弹过《夏天的风》。

不光会排戏和弹吉他，他不论做什么，都很自信，也都能做好，再不济也能和“正确答案”沾边,处处表现出强大的人格魅力。比起他，我生性懦弱，虽有“阿 Q 精神”，但不同的是我是强装乐观，表面上自信无畏，背地里却容易自卑，常会因一件小事而纠结好久。所以，我很羡慕他。

不同于初中时期在班里吵吵嚷嚷喜欢包揽一切、任何事情都想插上一脚的自己，我进入高中后收敛不少，比起参与，更喜欢旁观。一到大课间，我就待在广播站里封闭自己，放上音乐，靠在窗边看人来人往。

运气好时，我能看到，某个女孩听到她喜欢的歌曲时拉着她身边的人兴奋地欢呼着。看到她们雀跃的表情，我也会不由自主地跟着笑。运气不好时，也能听见有人抱怨歌不好听、没有品位。难过片刻之后，我会一声不吭地把音量调到最大。

广播站有条不成文的规定：周一是学校组织学生跑操的日子，我们不“营业”。所以每个周一就是属于我们“利用职权”躲避跑操的“私人时光”，我们不接受点歌，只放我们自己喜欢的歌。

轮到我的时候，我总会播放刘瑞琦的这版《夏天的风》，然后打开广播站的门，趴在走廊的围栏上听完一整首。我不知道出于什么原因，总觉得刘瑞琦和我很像，都是一副只要未被别人注意到，就更倾向于一个人待着的样子。

可这种想法正在渐渐消退，因为我遇见了真正自信明媚的存在，他还试图将我拉出自卑的怪圈。

那些日子里，我忙到没时间自卑，白天排练广播站的节目，晚上还要带领班里的少年们排练合唱，而他们似乎也认为本该由我负责。我们越来越熟悉，两个节目的人员也因此常常“厮混”在一起。我无比庆幸陪我度过那段时光的人是他们。天歌将我拉出怪圈，少年们陪我疯玩。后来我发现，我不必再封闭自己。

日子过得太快，排练终于结束，以至于正式演出倒像是告别了。我以为我会很激动，以为我能对每个细节都记忆深刻，但到现在唯一能记得的就是那场大雨。

说来也巧，偏偏到我们上台时就开始下雨，但我们每个人都在卖力地演。天歌抱着膀子，站在台下，酷酷地看着我们。与他视线交汇的那刻，我脑子一抽，向他抛了个媚眼。他没绷住，腼腆地笑笑，躲开了我的视线。

节目进入高潮，我们跳起天歌精心编排的舞蹈。我原本是兴奋的，但想到跳完这段舞后，我们广播站的伙伴们就要“分道扬镳”了，不免浑身一酥，眼角也有了反应。我是真的落泪了，还是雨滴酸涩了我的眼？我一时竟也分辨不出。

夏天的风，我永远记得，清清楚楚地说你爱我……

那场风吹来的是少男少女们坚定的友谊，是天歌这样的“良师益友”，和一个变得更好的自己。由于那场风，那个夏天成了限定版的时光，用来封存我学生时代最美好、最惊艳的回忆。上了高三后，我表里都自信，也能静心读书，心无旁骛地备战高考。

夏天结束了，我不该遗憾，而该等着明年夏日的风来。我会一直、一直记得，我们一起喊“永远！永远！永远”的场景；也会一直、一直记得你们，记得这首歌。

谢谢你们，谢谢。

作者云村 ID
瑾念 JY

歌曲 ▸ 你曾是少年

作曲 ▾ 杨子朴
作词 ▾ 肖 洋
演唱 ▾ S.H.E

留住一段记忆，因为那时的我们都曾是少年

木南

与潮流有些脱节的我，喜欢蜷缩在自己的小世界里，自顾自地回味过往。歌曲播放列表似乎还停留在十年前，那个记忆中的中学时代。当下，太多洗脑神曲充斥着我的社交网络，曾让我一度“放弃”中文歌，甚至有意识地远离这个圈子。

我的一个好朋友是《歌手》的忠实观众。他经常说，听着那些直击人心的声音，总是会不经意地落泪与沉思。但我似乎很少被歌词所打动，也算是泪点比较高的一类人了。不过，从二〇一八年的盛夏遇到那首歌开始，好像内心深处有什么被狠狠地刺到了。我一遍遍地听，总是不由自主地红了眼眶。直到现在，一听到这首歌还是会突然哽咽，说不出话来。就好像它是一把钥匙，一播放、一转动就会开启往事的闸门。

其实最初听这首歌时，也并没有那么直击心灵、豁然开朗的感

觉。但命运就是这样变幻莫测，你甚至不知道它怎么就突然成了你的人生之歌。这是一段即将要开始的故事，也是留在我心里的真实记忆……

第一次听《你曾是少年》，是在刚巧知道这首歌被选做毕业典礼上我们班的合唱曲目时。但由于每天奔波在各种毕业的琐事中，我都没能静下心来好好听一下歌词。

毕业典礼上的表演，实在过于仓促。我们没有全员到齐，没有完整彩排过一次就上了台。唱着唱着，不知道是从哪句开始刺到了泪点，也不知道是谁第一个开始哽咽。只记得最后，在偌大的伴奏声中，我们手牵着手鞠躬，然后下台抱成一团，也哭成一团。泪眼蒙眬中，我看到在座的人也在抹着眼泪，不论是毕业生、老师还是家长。

这一曲终了，好像给我的大学生涯画上了一个句号。那个我曾无数次想要逃离的地方，这一次，是真的要和你说再见了。那个承载着我的欢笑、流泪、咒骂和奋斗的地方，这一次，是真的要永远存于记忆中了。

我曾一度恶狠狠地说，真希望快点毕业，我一点都不会留恋与怀念这里，因为筹备毕业晚会与协调毕业班的各项事宜都让我过于心累。我甚至都有点惧怕看到手机上弹出的未读消息，也曾因辅导员发来的语音而突然后背发凉。我恨不得有三头六臂，恨不得自己可以不睡觉。在绝对紧绷的高压下，我一度想要逃离，想要躲避，想要赶紧结束这一切。

但是，当看到大家真心对待最后的演出，每个人都沉浸其中的时候，我又觉得付出是那么值得。我为自己，也为“14 级”的每个小伙伴都交出了一份满意的答卷。

等到典礼结束，仅有几个工作人员在做着收尾工作。我看到我们辅导员——那个一米八几的山东大汉，那个和我们一起进校，一起度过四年时光的他，抽着鼻子，“吧嗒”“吧嗒”地落眼泪，哭得像个孩子。这个人，他对我们很好，但也一直很严厉。他对待原则问题毫不妥协，他会为了小细节而夺命连环“Call”。他总是刀子嘴豆腐心，而且他总以“爷们儿”自诩，说着男儿有泪不轻弹。但这一天，我看到了他柔软的一面，好像这几个月我所受到的委屈和承载的压力也在一瞬间卸下。我们彼此拥抱，说着感谢。好像到最后，也就只有“谢谢”能表达最真实的情感了。我真怕自己再多说几句，也会眼泪决堤。

那天晚上，我们都很晚才回到宿舍。因为大家都知道睡一觉起来后，新的一天意味着离别。我们四个躺在床上，“叽叽喳喳”地回忆着，就好像第一天刚见面时的情景。你看，时间真的过得很快。那些所谓的“习以为常”，也会逐渐变得模糊与陌生。

一整个晚上我都辗转难眠。周边不时有翻身的声音，甚至偶有闷闷的啜泣声。戴上耳机，再次按下播放键，把音量调小。安静的夏夜里，我伴着《你曾是少年》，仍很难入睡。猛然听到任家萱唱到“有一套房子之后，才能去爱别人吗”，也不知怎么，她就唱到我心坎上去了。

有多少人被物质所困，用沉重的枷锁来搪塞梦想；有多少人被社会磨平棱角，编织一个又一个谎言去掩饰自我的不堪？你可以说，是我还太傻太天真，是我还没接受社会的锤炼与暴击。但我真的“不想就这样过完一生”。我不怕前进路上荆棘丛生，只怕自己在最应该去奋斗的时候变得懦弱，变成自己最厌恶的样子。这四年里，我从那个怯生生看一切都很新奇的十八岁新生，到能独当一面、意气风发的二十二岁学姐，从青涩到轻熟，这都是时间赐予我的。但不可避免的是，或许我在未来也会迷茫，会因为懒惰和失败而犹豫，或是放弃。只希望到那个时候，我能听着这首歌，继续吸取力量。我想要有不顾一切向前冲的勇气，永不遗忘自己的梦想与诺言。单曲循环了不知多少遍后，我沉沉地睡去了。

新的一天还是不期而遇了。我是最后一个启程的，目送大家拖着箱子先后离开。我只记得，我挤出夸张的笑容，用尽全力地挥别每个人，这都是为了不让自己掉下眼泪。

飞机起飞的那一瞬间，仿佛有个声音告诉我，真的结束了。我透过舷窗看到天空呈现出温暖的粉橘色，有种落日也明媚的感觉。我在心里默默告别，因为我不知道，下次重逢会是什么时候，而那时的我又会是怎样的心境。

一恍惚，毕业就快两年了；一眨眼，我的研究生生活也要结束了。突如其来的疫情，让我这次的毕业典礼化为泡影。或许，这是冥冥之中的安排，为了让我铭记那场最特别的毕业典礼，在那个我倾心付出也收获良多的毕业季。

我想用这首歌来致敬那些在我青春中出现过的人。我想告诉大家，我真的很想念每个人的脸庞。或许在未来，有些人会渐渐模糊不清。但我会永远、永远记得那年的盛夏，那天的深夜。

我刚要收笔，却又忽然想到，那年的夏天，我在毕业邀请函的最后写道:“芳华正当时，未来亦可期。”谨送给每个人，与你们共勉。

作者云村 ID
Aries_Charlotte

歌曲 ▸ 告白气球

演唱 ▼ 周杰伦
作词 ▼ 方文山
作曲 ▼ 周杰伦

五分之一与你

有故事的蒋同学

算了一算，你参与了我人生的五分之一。

二〇一六年夏，异常燥热，炙浪扑面，每一丝空气都裹挟着火辣辣的咸腥味。那年，十六岁的我，还在为了繁重的课业，骑着我的小电驴，冒着被太阳烤化的危险，奔波在各个补习班之间。豆大的汗珠一颗颗地从脸颊滑落，一不小心滑过嘴角，留下一丝咸味。唉，一切都是这个味道。

虽早已不是“00 年代”，但耳机里播放的还是熟悉的周杰伦。那个暑假里，我第一次听了他的《告白气球》，从此便爱不释“耳”了。八月十一日，暑假结束那天，当我回味这首歌时，第一次遇见了他。

那是文理分班后的第一天。在有些年头的教学楼里，破旧的空调，即使用尽全力，也只能稀稀拉拉地吐出一丝微弱的冷气。穿着时髦的英语女教师，让我们做了一份英语周报的听力。只有两个学生得了满分，一个是我，一个是他。那是我第一次听到他的名字。

我不觉得两个平行的人生轨迹会就此缠绕在一起。可一个月后，班主任就把新的座位表贴在黑板上，让我们照着换座。一番折腾后，他就坐到了我的前桌。我戳戳他的后背，对他说了第一句话：“垃圾袋能借我一下吗？我没有。”他说了声“好的”。这一问一答开启了我和他之间的互动模式。我是一个话多的女生，而他沉默寡言。或许他习惯了我的“聒噪”，对我的回答，渐渐地从两个字“好的”变成啰啰唆唆的一大段话。吵着，闹着，打着，如同复制一般的日子，渐渐地变得不一样了。

在学生时代，最寻常的事是，在心里埋下一颗小小的爱情的种子。只是我们都没留意它在生根、发芽。我不知道是否有一天，我们中的一个人会发现它，愿意让它开出花来。

时间匆忙而过，转眼就到了十二月，继而到了月末。作为宣传委员，我早在一周前，理所当然地承担了元旦晚会的筹备工作。在那一周，我“求爷爷告奶奶”，使出浑身解数，也没确定一个节目。走投无路时，我只好用笔戳他的后背，问：“你元旦会表演节目吗？”他转过头来看着我，冷冰冰地丢了一句：“不要，不想唱。”我不甘心，气势汹汹地说：“你不表演，那元旦晚会不就没人表演了吗？你怎么不支持我工作呢？你不是说过，你是全班最会唱歌的吗？”我感到语气生硬，便退去了气势，委屈巴巴地看着他，“求求你还不行吗？”当时他一定是烦透了，不耐烦地问：“你想听什么？”

“《告白气球》吧！”我兴奋道，甭提心里有多高兴。要知道，请他出马，比请神仙都难。

可是晚会那天，他没唱《告白气球》，而唱了首《安静》。可能是逆反心理吧，青春期的你、我、他都有。

“因为水的比热容比沙子大，冬天在海里总是要比沙滩上暖和一点的。”物理老师每天都念叨的真理，谁都不会在我居住的这座海边小城尝试。风带着湿气，想方设法地往你的领子、衣袖、裤脚和任何一个有缝的地方钻。冬天，最舒服的地方一定是开着暖气的房间，最惬意的一定是课间偷偷闭上眼睛回忆昨晚没做完的美梦。

某天，不知哪来的一阵风吹来了一张卡片，偷偷藏进了他的书里。我还沉浸在来之不易的美梦中，他却回头问我：“你知道这张卡片是谁写的吗？上面写着喜欢我。诶，是不是你搞的恶作剧啊？”

“爱是谁是谁，反正不是我！”我不耐烦地回答他，只怪他惊扰了我的梦。清醒后，我才后知后觉，有人向他表白了。接下来，每个课间我都不停地追问他是谁写的，问他若是知道是谁了会同意吗。那一整天，思绪乱如麻，我理都理不清。可是不论我怎么问，他的回答都是“还不知道”。我就像一只热锅上的蚂蚁，焦虑地等待着他的答案，好像我就是那个表白的人。我不知道自己为什么会这样，只是觉得快失去他了。

过了很久，我和朋友聊天时才知道，早在“表白事件”前，我就会因他开心而开心，不喜欢别人接近他。所有人都看出来我喜欢他，只有我自己不知道。我也问过他，是什么时候发现我和其他人不一样的。他的回答是：“在我愿意和你聊天时，我就发现你不只是烦人，还挺可爱的。”

话说我得感谢向他匿名表白的那个人，我的真心被她和她的卡片彻底唤醒，再也按捺不住了。那天晚上，我向妈妈要回手机，开机后就打开了和他的对话框。

“你知道是谁给你写的纸条了吗？”我又把我们带回了白天的话题。

“不知道啊。”

“那你想不想知道？是不是上次那个在电梯里和你三笑留情的学妹写的？”我不停地试探着答案。

“可能吧，谁知道呢？”

“其实……其实……嗯……是我写的哦，想不到吧！”我撒谎认领了那张匿名的表白纸条，心里却打着鼓。安静的房间里，我过速的心跳声，异常强烈。

“真的吗？你不会是开玩笑的吧。”他半信半疑地问。

“当然是真的啊！要不然还有谁会知道你每天都要翻开那本书呢？”

“你不是开玩笑的吧？”他的字里行间多了一分严肃。

“当然是我！就是我！”我不知道哪来的勇气，斩钉截铁道，像在逼着他给我答案似的。

“如果是你，那我们就在一起吧。我还欠你一首《告白气球》。”虽然这只是屏幕上感受不到任何语气的一行字，但是我那颗忐忑不安的心，跳得近乎疯狂。

亲爱的，爱上你，从那天起，甜蜜的很轻易……

他轻轻哼唱着，低沉的嗓音就像是一颗糖，融化在我的耳朵里，自上而下蔓延，最终甜到了心脏。

后来，他常常哼着这首《告白气球》，在他惹毛我的时候，在我问他“你还喜欢我吗”的时候，在我过生日而他差点忘记的时候……不同的时间，不同的地点，却永远是相同的他和我。

我很少回顾过去，过去的一切，不论是甜蜜的还是痛苦的，都会让人感慨万分。但是这首歌是个例外，我一次次地回到过去，丈量它响彻了我多长的生命区间。现在它刚好占据了五分之一，和你一样。

作者云村 ID
Naples_Jiang

歌曲▸人生这条路

演唱▾我们

词曲▾我们

理想和青春的朋友

刘经博

成年人可能是因为经历的事情多了，很难被感动。当面对“有没有一首歌让你热泪盈眶”这个问题时，我的确思索良久。从贝多芬到周杰伦，从交响乐到流行歌，我竟一时找不到想告诉你的歌曲。但是我想到了我的设计师兄弟易世杰。

两个音乐发烧友

晚上十一点，我和世杰从公司加完班，走在回社区的路上，手腕上运动手环的步数还在三千左右，我们决定走到八千步再回去休息。此时路人和车辆都很少,我们一路放声高歌,即兴“Rap”(说唱)周杰伦的歌。

我们走到了一个有着铁皮围挡围起来的人行道拐角处。这里更偏僻，我们两个就肆无忌惮地大声唱着“呦呦切克闹”。刚一出声，转角就有个女生迎面走来，并很嫌弃地看着我俩。我们装作没事人似的，咳嗽了两声，赶紧开溜。

“尴尬死了！”世杰无地自容道。

“那个人一定在想，这两个傻子出门忘吃药了吧。”我再加一锤。

“哈哈哈！”

“我们继续，还有什么你觉得特别好听的歌？”

“《可乐》。”

“《可乐》？谁唱的？”

世杰说了，我也记不住，后来才知是赵紫骅。他在手机上找到这首歌放了出来，“可能你不快乐，可我要你快乐，可能是我的爱情它来的太晚了……”这句歌词，触动了我这个单身大叔的玻璃心。我跟着小声哼了起来。这时，世杰讲了他喜欢这首歌的原因。

“这歌是我大学女友推给我听的。那时候是那么美好，我们两个坐在操场上，她说牵一下手，我们就牵住了手，她说抱一下，我们就抱在了一起。当时，我们的爱情也算是轰动了全校。”

“为什么这么说？”

原来，世杰在一堂公开课上，当着老师和好几个班的同学面，走上讲台让老师停一下。老师以为他要跟大家宣布什么事情，便没阻拦。于是，他在众目睽睽之下，对着座位中的一个娇小的身影说：“×××，我喜欢你！”这事迅速传开，全校轰动。

“然后呢？”

然后，他们有了近四年的形影不离，说牵手就牵手，说抱就抱……再然后，就没有了然后。分手的理由很可笑，女孩嫌世杰幼稚。如此敷衍了事，就像在路边随便捡个石子丢给了世杰。他是一个为了爱而不顾一切的人，也是一个自尊心很强的人。他清晰地记得那个晚上，颤抖着全身，无助地站在角落里，默默地懊恼着。幸好在沉沦和奋进之间，他选择了后者，朝着理想信念而去，不然我们也不会相遇。

我们都是理想的朋友，我们誓要改变世界

那天又是加班到很晚的日子，我和世杰在回去的路上聊到了理想。

世杰跟我说："我的理想是能够做一些事情，对这个社会贡献出一点力量。我爱这个世界，如果牺牲自己可以让世界变得更好，那么我愿意牺牲。当然，牺牲不代表死啊。"

我不知道一个人有着怎样的信念，才能说出这样的话。这是墨子的"兼爱"思想吗？要是我的话，我一定会说，我愿意为我爱的人、我守护的人和信念而牺牲。比起"兼爱"，我更偏向于儒家的"爱有差等"观点。

我问他："你打算怎么做？"

"我也不知道，我也在寻找。"

"虽然没你那么无私，但我也在用自己的力量给这个社会作贡献。

之前写了一些文章，阅读量都四五百万了。”我说这话时很自豪，因为这体现了我的价值。他一说要看，我反倒害臊了，当时并没让他看。后来，世杰自己翻出文章来读，表示受用，不知是出于客套还是发自内心的。但看他把文章转到了朋友圈，还附上“‘梦想家’的活法，值得看，值得学”的推荐语，想必是发自内心的吧。总之，我和世杰同属“梦想家”，关系越来越亲密倒是毋庸置疑的。

鸡叉骨配啤酒，过钓鱼种菜的生活

后来为了省房租，我们两人合租到了一起，还成了同一项目组的同事，每天作息更为同步。如果下班早，我们偶尔会喝啤酒，吃鸡叉骨，侃侃人生。

我们聊到了理想以外他想要的生活：整天钓鱼和种菜。我说，在这个年代，这种生活方式不大被认同。他微微一笑，没反驳，而说要先把眼前的贷款还清了。

“什么贷款？”

“学习设计的。我在学校时整天顾着玩，没好好学，连一技之长都没有。毕业时，看别人都在报培训班，说是保证能找到工作，我就贷款报了名。”

“报名费多少？”

“三万多。这是最后一个月，还完就解脱了。”

听完以后，我佩服他为自己投资的勇气。世杰进辅导班前的状态，按他的话说，就是“混吃等死”。现在，他的设计能力飞快提升，工资也跟着水涨船高。当前赚钱为了还贷，以后赚钱为了养老，钓鱼和种菜的生活说不定就能过上了。

“这个鸡叉骨真不错。”

在城市的阳台，看着夜景，喝着啤酒，吃着鸡叉骨，我忽而感慨：原来都市生活也可以这般惬意。这会不会是我想要的生活？

因为《我和我的祖国》，他几度落泪

国庆节前夕，王菲版的《我和我的祖国》就已在各大媒体平台霸屏了。我听了几遍，确实上头。

我的祖国和我，像海和浪花一朵，浪是海的赤子，海是那浪的依托……

电影《我和我的祖国》上映当天，工作比较多，我和世杰到了晚上十一点都没忙完，但还是决定先看完电影，再回来工作。

我们订了十一点多的场次。那时，虽快大半夜了，但路上行人依然很多。成群结队的青年，一边走，一边开心地聊着天。

电影播放时，我们沉浸其中。当五星红旗在空灵版《我和我的祖国》的旋律中飘扬时，世杰抬手擦去了眼角的泪。看到这一幕，我深信这个多情的小伙子真的会甘愿牺牲，无私奉献。而后，他又几度落泪，几乎哭遍了每个故事。回去的路上，成群的人都在大声唱，“我和我的祖国，一刻也不能分割……”我和世杰也跟着唱了，世杰再次飙泪，竟把我的情绪也哭湿了。

讨厌加班，热爱生活的我们

世杰说他讨厌放假时加班，对所有阻止他回家的人人事事都讨厌。疫情过后，他来了一段“说走就走”的旅行，去了西安，说要兑现他的承诺。在过去的四五个月里，我忙里偷闲地写了《关雎》《追梦少女谢恩娣》《京珑的人生选择》三个故事剧本，也兑现了我的承诺。与此同时，之前以“意爱笑”为笔名在网上发布的文章，现在每天都有五六千的阅读量。看到读者的感激留言，我想，我帮到了一些人。

如果说有什么歌让我热泪盈眶，那么它该是“人生这条路”吧。但行前路，莫问前程。我们坚定方向，不改初衷，把该加的班都加上，把该努力的都努力到位，那么迎接我们的一定是灿烂的明天。

理想和青春的朋友，加油！

作者云村 ID
塔纳河的雪妖

鸣谢

幕后的贡献者们

★张东旭/项目推手★吴全/项目评估人★阿豆/Mlog达人训练营负责人★丁蓓蓓/云村运营

★李垚霖/项目牵线人 ★林梓/项目牵线人 ★凌联兴/项目牵线人 ★阿粉/平面设计师

★-薄暮起-/样稿撰写人★张冬/智囊★周帆/编辑★刘敏/编务★刘佳宜/中国水利水电出版社有限公司编辑室主任

★刘佳媛/学天教育销售总监★王政/Mlog达人★李东杰/白衣天使 ★余志恒/云村运营&审稿人★曲晗文/公关小子

★小月/云村运营 ★何英娇/项目把脉人 ★赵霞/智囊 ★魏力/智囊 ★白莉/发行★郭楠/营销 ★聂绪东/印务★姚越/营销

★汪中余/营销 ★余小霞/编务 ★李楠/编辑 ★王月梅/编辑 ★杨静媛/作家 ★杨普/书签设计师 ★周海璐/编辑 ★谢梓麒/智囊

★杜永明/资深出版人 ★a·Pav/音乐人 ★MariahCareyOnline/微博音乐博主 ★乐听乐浪/微博音乐博主 ★李松/版式设计师

★爱喝酒的麦兜/抖音短视频达人 ★叁石/抖音短视频达人 ★鹤南/快手短视频达人 ★柳江辰/样稿撰写人

★林连连/微博文娱博主 ★回全超/智囊 ★顾翔/音乐人 ★孙璐璐/律师 ★刘翔宇/智囊 ★周森涟漪/友人

★孙至付/封面及版式设计师 ★小钱/设计助理 ★马红森/唐人佳悦 ★小齐/送稿人 ★罗大佑歌迷会/音乐博主

★一顿小炒/美食达人 ★于静静/知音 ★伍佰大陆歌迷会/音乐博主 ★迟晓彤/演员 ★夏冰涵/云村运营

★自扰姜某人/平常工科生 ★匡震/夜宵一品鉴赏师 ★刺刀/自由撰稿人 ★莲语/大学生 ★乔伊/燃系大学生

★加加加/普通人 ★觅渡/高中生 ★落堤花眠/古风姑娘 ★三色毛/生活家 ★四月天/不言弃青年

★栖一安/野生诗人&时尚博主★千纸鹤/大学生★阿礼/矮冷音痴

★南有乔木/研究生★董梦婕/美好制造者

★殷千雅/学生

★天神院长 / 音乐博主★耦合振荡子 / 云村达人

★尘墨清玄 / 云村达人★王玉莹 / 友人★张露茜 / 演员★冻顶乌龙菌 / 隔壁萌新

★迁渡 / 怪奇少女★晨曦 / 性情小姐姐★苏梓柒 / 吉他文青 & B站Up主★沐遥 / 高中生

★橘十三 / 编剧★樊怡君 / 学生★皮杰伦 / 公众号“皮杰伦的壁纸屋”主理人★頔木 / 书信少年 & 摄影爱好者

★澳大利亚的兔子 / 模玩大师 & 次元作者★郭温暖 / 治愈系姐姐★京阿九 / 斜杠少女★程安素 / 设计 Girl & 记梦者

★多娜 / 电竞小护士★阿莳 / 咸鱼分享家★幺幺久 / 大学生★素面凡心 / 追梦宝妈★明月 / 外国文学研究生★喵小姐 / 南方姑娘

★大大妹 / 三好高中生★希希的爸爸 / 文艺公务员★大葱 / 岐黄学子★言若 / 大学生★卡琳兜 / 集市养猫者★北洋 / 学者 & 作家★听林 / 北漂

★竹剪子 / 多肉阿姐★而柃 / 白日梦想家★暴龙er / 作词人★风期 / 文旅策划★芥子苏 / 影视圈小透明★樾然 / 文史豆蔻★菲咪 / 四次元姑娘★瑾念JY / 书虫 & 观影宅

★木南 / 新闻传播研究生 & 非典型白羊座★有故事的蒋同学 / 大学生★刘经博 / 理想青年★CoCo 李玟贴吧 / 音乐博主★李京京 / 厦门千里兔创始人 & 董事长

★杜哥 / 护航人★郝润 / 编导★陈依婷 / 自媒体运营★彭彭主任 / 印务★秦灿 / 制图师★刘紫阳 / 内容核对员★耿小霞 / 质量监督员★陈硕 / 图形设计师

★王赛 / 质量复核员★张舒琪 / 页码复核员★李梅 / 内文监督员★李海月 / 内文排版★侯丽 / 内文宏观把控人★闫海涛 / 内文设计师★王俐 / 标题设计师

★汪彩霞 / 颜色搭配师★柠檬汁的果儿 / 云村达人★CHENnnnss / 云村达人★陶陶好啊 / 云村达人★泓彤 / 云村达人★尚东峰 / 音乐人★舒西_LNTp / 云村达人

★听风独吟 / 云村达人★忧忧惚惚的小二 / 云村达人★所予止 / 云村达人★PersonalRemark / 云村达人

★成鹏 / 挚友★王一雯 / 挚友★BEYOND 博物馆 / 音乐博主★卓挺亚 / 前辈

★MusicMuch / 音乐博主★海旭和乐乐 / 模范夫妻★牛总 / 责人

★年厘子爱旺仔 / 云村达人★坚不信邪 / 云村达人

★云村水乡的伙伴们

★每位读者

那么，有没有一首歌让你热泪盈眶呢？

有！它是《________________》。